KB089979

나는 이제
울 것 같은 기분이
되지 않는다

나는 이제
울 것 같은 기분이
되지 않는다

도상희 에세이

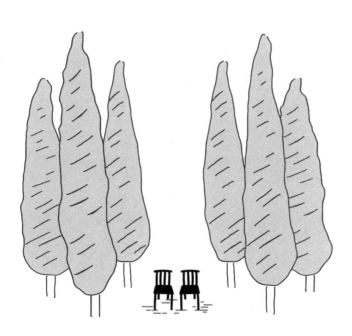

차ㄴ유

2부. 거짓말처럼 당신이 왔다

3부. 함께, 삶은 이어진다

당신이 등장한 뒤로도
삶은 이어졌다

"혼자서도 잘 지내려면 어떻게 해야 하는 걸까.
신의 바짓가랑이를 붙들고 묻고 싶다."

나는 블로그에 이렇게 썼다.

그리고, 신이 당신을 보내셨다.

스무 살 무렵부터였다, 내가 당신을 찾아다닌 것은. 취향이 비슷한 사람을 만날 수 있을까, 기대하며 대학 시절엔 수많은 동아리에 가입했고, 졸업 후엔 영화나 독서 모임을 기웃거렸다. 취향은 맞았지만 나를 친구로만 생각했던 이들도 있었고, 끌림은 있었지만 취향이 전혀 달랐던 이도, 끌

림도 있었고 취향도 비슷했지만 삶을 대하는 가치관이나 생활 패턴이 다른 이도 있었다. 그 모든 스침들은 대개 나만의 짝사랑이나, 상호 실망으로 종결되었다.

그리고, 내가 곧 서른을 앞두었을 때. 이제 무슨 일을 하고 살면 좋을지 알겠다는 생각이 들던 그때. 나는 키가 크고 쌍꺼풀이 없는 사람을 보고 잘생겼다고 생각한다는 걸 알게 된 그때. 취향은 달라도 이제 상관없고 대화가 즐거운 사람, 그리고 함께 있을 때 음식을 마구 흘리며 먹어도 마음이 놓이는 사람을 만나고 싶다는 걸 그제야 알게 되었을 때.

최초의 연애—연애라고 나 혼자만 믿고 있던 이상한 관계—가 끝났을 때. 그 상처가 아물기 시작했을 때. '낯 모르는 당신께'라는 제목의 혼잣말을 블로그에 써 내려가던 때였다.

신이 당신을 보내셨다.

당신을 만나면 그걸로 다 끝나는 줄 알았다. 불행 끝, 행복 시작. 끝 모를 외로움 끝. 불안함 끝. 하지만 당신과 헤어지게 되면 어쩌나 하는 불안함이 시작되었다. 당신 앞에서 칭얼거리는 아이가 되어버리는 내가 낯설어졌다. 당신 그

이상의 가족과 연을 이어 결혼이라는 제도로 들어가는 일에 대해 고민하게 됐다. 결혼하면 이제 어른이 되는 거니까 (아님) 더 이상은 퇴근 후에 양말을 아무렇게나 벗어 던지고 일단 드러누워 코를 팔 수는 없게 되는 건가?(아님) 가슴이 갑갑했다.

혼자 지내던 사색의 시간을 당신이 채우면서 행복과 복잡함은 비례해서 늘어났고, 아침에 당신 표정이 조금이라도 안 좋으면 그게 속에 길려 업무에 집중을 하지 못했다. 간혹 싸우고 난 다음 날도 나는 출근을 해야만 했고 당신의 화원 일도, 나의 방송작가 일도 서로가 대신해줄 수 없는 것들이었다.

그러니까, 당신이 등장한 뒤로도 삶은 이어졌다. 행복만 있지 않은 삶은 지난하게 이어진다. 나는 그 순간들이 달든 쓰든 기록해두고 싶었다. 처음 느끼는 모든 감정과 순간들을 잃지 않으려고 쓰기 시작했다. 당신이 온 마음을 다해 나를 들여다보는 눈빛을, 사랑의 말 한마디를 놓치지 않으려 썼다. 이 글들은 당신이 등장한 뒤로 우리가 함께 쌓아간 시간들의 기록이자, 생전 처음 겪는 감정들을 해석해보려 애쓴 흔적이기도 하다.

이 흔적들을 함께 만들어준 당신과, 책으로 세상과 만날 수 있게 해주신 편집자님, 지완 디자이너님, 그리고 귀한 추천사를 써주신 이지은 선생님께 감사를 전한다.

2022년 봄날에
도상희

1부
/
혼자 걷던 나에게

혼자
걷기

비 오는 날 아침엔 잘 일어나질 못한다. 북으로 난 창으로 빛이 잘 들지 않기 때문이다. 다정히 나를 깨워주는 목소리 없이, 헛헛한 마음을 채우려 먹은 야식에 부은 몸을 일으킨다. 나는 졸업을 한 학교 근처에서 혼자 살고 있다. 부모님은 먼 곳에서 잘 살고 계신다. 내게는 튼튼한 팔다리가 있고, 아픈 곳도 없다. 갚아야 할 학자금 대출은 300만 원밖에 남지 않았으며 취직을 해 월급을 받고 있다.

영화를 좋아하고 글을 끄적일 줄 알며 상냥한 편으로, 비정규직이더라도 영화제 스태프라든지 취재작가 같은 일은 끊이지 않았다. 고백에 실패했다거나 독감에 걸렸을 때 부를 수 있는 가까운 친구도 두엇 있다. 사람들의 눈에 내게 대단한 결핍은 없어 보일 것이다.

그러나 나는 외롭다. 그래, 오늘도 누군가는 한 끼도 못 먹었을 테고 누군가는 일터에서 목숨을 잃었을 테지만 나는 겨우 외롭다는 이야기를 하고 있는 것이다. 이 외로움이 나의 존재를 흔든다. 이른 퇴근 후 남은 시간을 어떻게 해결해야 할지 모를 때, 현장 촬영이 없는 날 재택근무를 할 때, 혼자서 하루를 사용하는 일은 지긋지긋하다.

나 혼자 맛있는 것을 먹고, 나 혼자 푸른 하늘을 보고 '예쁘다' 삼키는 일, 비 오는 날 창이 큰 카페에 앉아 책을 읽다가 기억하고 싶은 문장을 나 혼자 씹는 일, 땀이 날 때까지 나 혼자 달리는 일. 살아 있으려고, 살고 싶어서 해내는 그 일들을 반복하고 있으면 나는 점차 얇고 투명해진다.

서울의 대학을 다니기 위해 타향살이를 시작한 이후로, 나는 거의 매일 나에게 물었다. 어떻게 하면 덜 외로울 수 있을까? 외로움을 마비시킬 수 있을까? 그것에만 매달려 살았다. 나는 왜 외로울까? 부모와 떨어져 혼자 살고 있기 때문일까.

내가 운 좋게 가진 것에 대해 단지 말하는 것만으로도 누군가는 상처를 받는다는 걸 알게 된 후로, 나는 내 부모가 나를 어떻게 키웠는지 입밖에 잘 내지 않았다. 그러나 세상에 완전히 좋기만 한 일은 없으므로, 좋았던 시간들은 다시 돌아올 수 없다는 이유로 마음을 춥게 할 수도 있는 것이다.

따뜻하고 적당한 깊이의 물속에 몸을 담근 듯했던 시간들. 학교를 마치면 오늘 길목에서 어떤 고양이를 만났고 무슨 색의 꽃이 새로 피었으며 단짝이 어떤 말을 해서 가슴이 아팠는지를 엄마에게 재잘거렸던 시간들. 봄이면 밀가루에 쑥을 묻혀 쑥털털이를 쪄내고, 여름이면 식혜를 냉장고에 얼리고, 가을이면 옥상에 널어둔 반쯤 통통하게 마른 명태를 함께 걷던 시간들.

좋아하는 아이에게 고백을 거절당한 날, 괜히 말한 걸까 후회하며 울먹이는 나에게 '좋아하는 마음은 홍수 같은 거라서 멈출 수가 없는 거야. 자연스러운 거야.' 하던 아빠의 말, 고등학교 2학년 3월 모의고사 날 내린 10년 만의 폭설에 내가 미끄러질까 걱정돼 학교까지 말없이 뒤따라왔던 아빠의 얼어버린 코.

그 모든 것들이 이제는 없다. 집을 떠나올 때 스스로 포기하기로 했던 것들이니 그에 따른 외로움은 내가 감당해야 하는 것일지도 모른다. 원했다면 집밥을 먹으며 대학을 다닐 수도 있었다. 그러나 자식으로서 사랑받는 것은 호기심 가득한 한 존재로서는 간섭받아야 한다는 의미이기도 했다. 부모 곁에 머무르면 내가 생각하는 멋진 어른이 될 수 없을 것 같았다.

열아홉 살의 내게 멋진 어른은 그런 거였다. 꼭 가고 싶던 대학, 학과라면 부모와 떨어져야 해도 냉정히 떠나갈 수 있는 사람. 마음껏 거리를 쏘다니다 멈춰 서 연인과 어깨를 맞대고 기타 소리를 듣는 사람, "잠깐만, 엄마한테 물어보고." 같은 말들 없이 새벽까지 동아리 친구들과 술을 마시며 열띤 토론에 빠져드는 대학생. 엄마가 사다주는 것이 아닌 어른스러운 취향으로 목이 얄상하게 빠진 가죽 부츠 같은 걸 제 돈으로 사 신는 여자.

부모 곁을 떠나온 지 오래, 나는 이미 그런 어른이 되어버린 지 오래다. 다시 부모 곁으로 돌아가기엔 이미 이곳에서의 자유와 한 몸이 되었다. 외로움은 어쩌면 그에 따라붙는 디폴트값인지도 모르겠다. 부모만큼은 아니라도 안부를 다정히 묻고, 나를 챙겨줄 사람과 연애를 하면 외로움으로부터 구원받을 수 있을까. 나처럼 지방에서 상경해 홀로 삶을 꾸리는 친구 중에는 부모의 빈 자리를 쉼 없는 연애로 메꾸는 경우가 많았다. 그 친구들이 연애를 밥 먹듯 이어나갈 수 있는 비결은 정말 매일 밥 먹는 것처럼 연애를 거창한 일로 생각하지 않는 것, 애인을 소중하게는 여기지만 이상화하진 않는 것 같았다.

하지만 나는 그렇게 하지 못했다. 긴 공복 끝에 음식을 허겁지겁 욱여넣는 사람이 체하는 것처럼, 외로움에 굶주려 사랑을 요구했던 니의 연애는 시작조차 제대로 되지 않기 일쑤였다. 그 사람에 대해 제대로 알지도 못한 채, 몇 가지 단편적인 이미지를 내가 보고 싶은 방식으로 짜 맞춰놓곤 그 환상과 사랑에 빠졌다.

지금 생각해보면 그 애들은 그냥 스물몇 먹은 남자애일 뿐이었다. 세상에 나를 구원하러 올 왕자님 같은 건 없었다. 이제 겨우 군대를 다녀와 자기 삶을 시작해보려는 소년, 어려운 집안 형편이나 취직 걱정처럼 나와 손잡는 것보다도 더 신경 쓰고 싶은 일이 있었던, 나와 비슷하게 혹은 더 많은 짐을 지고 걷던 그냥 사람들.

그 애들은 내게 '나는 네가 생각하는 만큼 좋은 사람이 아니야.' 하는 말을 남기고 멀어져갔다. 생활을 살아가는 보통의 사람에게 '나의 외로움을 덜어가 줄 거지? 내일도 같이 있어줄 거지?' 묻는 듯 간절하게 반짝이는 내 눈빛이 얼마나 짐스러웠을까. 나는 요즘에야 그 애들을 그만 미워할 수 있게 됐다.

내게 외로움을 스스로 견뎌낼 마음의 근력이 생기게 되면, 그때는 나랑 비슷하게 외로운 남자애를 만나 그저 밤바람에 흔들리는 미루나무나 멀거니 보고 있을 거다. 오늘도 내일도 나를 만나달라거나, 사랑이 가득한 편지를 써달라거나, 내가 울며 전화를 걸면 달려와달라거나… 그런 것 말고. 키 큰 미루나무나 실컷 보고서 '나무가 달빛을 받아서 반짝인다.' '응, 예쁘다.' 그런 심심한 말들을 나누어야겠다.

이제 남은 선택지는 그림자처럼 나를 따라다니는 이 외로움이 나를 집어삼키지 않게끔 잘 다독이며 살아가는 일밖에 없는 것 같다. 부모에게 달려갈 수도 없고, 함께 미루나무를 볼 연인도 없을 때, 독서 모임이나 마음을 기댈 작은 모임들을 찾아나서기도 했다. 하지만 낯선 사람들 속에서, 마음이 완전히 이어졌다는 감각 없이 나를 괜찮은 사람처럼 보이려 부풀린 언어들을 잔뜩 내뱉고 온 날은 더욱 헛헛

할 뿐이었다. 마음을 온전하게 보여주고 건네받을 수 있던 모임은 대학 때의 동아리 이후로는 아직 찾지 못했다.

물론 마음만 먹으면 헛헛하더라도 아무 모임에나 자꾸 얼굴을 비추며 시간을 녹이거나, 데이팅 어플로 동네의 아무개를 만나 체온을 나눌 수도 있을 것이다. 그렇게 헐값에 외로움을 팔아넘기고 싶지는 않으니 결국 이 외로움은 자처한 것이다. 스스로 걸어들어온 외로움 속에서 씩씩하게 잘 지내기 위해서, 나는 부모에게서, 연인에게서 받고 싶은 것들을 나 스스로에게 주며 지낼 것이다.

책을 읽다 아름다운 문장을 만나면 스스로에게 소리 내어 읽어주고, 작은 우울이나 분노도 지나치지 않고 일기로 남겨 감정을 다독이면서. 마음이 공허하다는 핑계로 아무렇게나 던져둔 옷가지들을 하나씩 옷걸이에 거는 일부터 시작해야겠다. 전신 거울의 얼룩을 하나하나 닦아내는 일, 밥을 꼭꼭 씹어 삼키는 일, 바람이 불면 목도리를 꼭 챙겨 하는 일, 매일 몸을 움직여 땀을 내는 일.

하나가 구멍 나거나 잃어버려도 괜찮다는 이유로 검은 양말을 잔뜩 사다 두지 말고 오렌지색 양말을 한 켤레 골라

보는 일. 저무는 하루를 아까워하지 않고 12시 전에 잠에
드는 일… 지금의 내가 할 수 있는 일을 조금씩 하는 것, 삶
은 그렇게 텅 빈 마음을 돌보는 각자의 방법대로 흘러간다.

아름다운 것은
지금 제 안에 없습니다

편지가 필요한 계절입니다.

　낯모르는 당신께 혼잣말을 띄웁니다.

　새해의 두 번째 날이 지나가고 있어요. 올해 저는 지난해를 정리하는 글을 쓰지 않았습니다. 그저 제가 썼던 300개가 넘는 일기들을 한 번씩 다시 읽었습니다. 무엇이 그렇게 아프고, 그렇게 외로웠을까요.

　얇은 벽 하나를 두고 옆방의 여자가 떠들고 있습니다. 복도를 지날 때 제가 들은 것은 생생한 한 사람의 목소리와 멀리 들리는 여럿의 목소리였어요. 아마도 모니터 화면 앞에서 온라인 신년 모임을 하는 모양입니다.

　제 방에는 언제나처럼 적막이 낮게 깔려 있습니다. 바로 어제 저녁에는 회사 사수 언니네 집에서 맥주를 마시다

하룻밤을 묵고 왔어요. 1인분의 삶이 얼마나 적적한지, 두려운지, 그럼에도 우리가 고향을 떠나 여기 있는 이유는 무엇인지… 새벽까지 함께 천장을 보며 두런두런했어요.

잠시도 가만히 있지 못하는 흥이 많은 사람이라 어제도 언니는 혼자 춤을 추고, 회사 사람들 성대모사를 맛깔나게 하며 저를 웃게 해주었답니다.

오늘과 내일은 혼자 있는 시간을 보내려고 해요. 그렇게 해야 하는 시기이기도 하네요. 일 년 뒤쯤 제가 이 혼잣말을 다시 꺼내 볼 때는 그래, 그때는 마스크를 입술처럼 입고 다녔지, 그런 시절이 있었지, 하게 될까요.

오래도록 머무는 이 감염병은 잠시 멈추고, 혼자 있는 스스로를 돌보라는 명령 같기도 합니다. 분명 그보다 앞서 많은 사람들의 생존이 달린 문제이니 감상적으로만 생각해선 안 되겠지만요.

요즘 당신은 저녁, 혼자 있는 시간에 무엇을 하나요. 저는 야근이 없는 날엔 친한 언니 어머니의 시 원고를 읽어보고 있습니다. 감사하게도 출간 전 저에게도 읽고 의견을 주는 작은 임무가 주어졌거든요.

읽으며 놀라운 순간들을 마주합니다. 놀라는 제 자신에

게 놀라기도 하고요. 제게 시인이란 자식들 여럿을 키워낸 어머니의 모습을 하고 있지는 않았던가 봅니다. 홀로 나이 든 누군가, 혹은 상아탑의 희고 마른 남성의 이미지였을까요. 그런 관념을 지니지 않았다고 믿었는데 놀라고 말았습니다. 어머니도 얼마든지 고독할 수 있는데요, 그 고독함을 날카롭게 벼릴 수도 있는데요, 거실 바닥을 닦다 먼지 한 톨에 감정이입하게 될 수도 있는데요. 그런 생각을 해보지 못했던 것 같습니다. 이분의 책* 이 세상에 나오게 되면, 제목을 알려드릴게요. 같이 읽어요.

다음 주말엔 노들야학의 교사 수련회가 예정되어 있습니다. 이 수련회가 지나고 나면 저는 정식 교사가 되어요. 요즘은 시작을 조금 미룰까, 혹은 그만둘까 하는 고민을 합니다. 저는 과연 장애인들의 해방이 제 자신의 해방이라고 생각했기에, 함께 싸우기―싸움이라는 단어는 너무 커다랗지만 이보다 적절한 단어를 찾지 못했습니다― 위해 야학의 교사가 되고 싶은 게 맞을까요.

야학 교사의 생활이 그저 궁금해서, 설익은 호기심으

---

* 김정숙 시집 『햇살은 물에 들기 전 무릎을 꿇는다』로 출간되었다.

로, 그곳에서 교사를 하고 있는 자신이 좋아서, 그래서 이 일을 해보려는 게 아닐까요. 퇴근 후의 고된 몸을 이끌고 마로니에공원 뒤편, 조금은 춥고 채도가 낮은 강의실로 가는 일을 제가 진심으로 하고 싶은 걸까요.

벌써 10시가 되었습니다. 표정 없이 앉아 이것을 썼네요. 아름다운 것을 쓰고 싶습니다. 아름다운 것은 문 밖에서 옵니다. 책 안에서도 오고요. 제 안에는 없습니다. 내일은 일찍이 광화문 교보문고에 들러야겠어요. 책 속에서 마음껏 있다 오겠습니다.

이 기분을
아실지 모르겠습니다

서점에는 사람이 많았습니다. 바깥은 망해가는데 책을 사
려는 사람들이 이렇게도 많구나 이상하고 다행인 일이다
하며 두 권을 골라 집으로 왔습니다. 책을 고르는 동안 저는
아무와도 눈을 마주치지 않았는데요, 그래서인지 아무와도
만나지 않은 기분으로 방 안에 돌아왔습니다.

어제 저녁에는 묵혀둔 이불 빨래를 해냈는데요, 이불보
와 솜 사이에는 스무 개의 끈이 있었습니다. 매듭을 풀고 그
것들을 씻고 말려 다시 매듭을 묶을 때 저는 거의 이불 속으
로 머리를 다 들이밀고 스무 개의 끈과 씨름했습니다. 그렇
게 하고 머리를 밖으로 꺼내니 이상하게 쓸쓸해졌는데요.
이 기분을 아실지 모르겠습니다.

회색 빌딩 속에
초록

철학관에서 크게 될 사람이라는 이야기를 들었습니다. 아미와 아미 사이가 넓고 환해서 그렇다는데요. 그는 제게 계속 글을 쓰면 된다고 했습니다. 서른둘에는 결혼을 할 거라고도 했습니다. 아직 태어나지 않은 내 딸은 아주 똑똑할 것이라는데요. 미래가 다 무슨 소용인가 싶다가도 어떤 손에 잡히는 물건보다도 와락 품에 안기는 말들이었습니다.

　퇴근길에는 조금 들떠서
　초록 목도리를 주문했습니다.
　초록 초록 초록
　그것을 매고 회색 빌딩 속을 걸을 것입니다.

　낮 모를 당신께 아무렇게나 편지를 하는 일이 점점 재밌습니다. 안녕히 주무세요.

구슬을
꿰고 있습니다

오늘은 긴장된 날이었습니다. 속해 있는 다큐 제작팀에서 구성회의라는 것을 했어요. 20일간 찍은 촬영본 속에서 '에피소드'라는 구슬들을 꺼내고, 5부작이라는 완성된 목걸이로 이리저리 꿰어보는 시간.

떡국을 먹는 장면은, 썰매를 타는 장면은, 울며 미안하다고 하는 인터뷰는 어디에 있는지… 이 구슬(장면) 다음에는 어느 구슬이 와야 잘 어울릴지… 촬영본을 숙지하고 정리된 내용을 보며 답했습니다. 밥을 먹고, 일을 하고, 사람과 마음을 나누고… 그 알알들이 모여 하루가 되고 삶이 된다는 것, 너무나 당연한 그것이 정말로 그랬구나 하고 발견하게 되었습니다.

그렇다면 그 한 끼를, 회사에서의 하루를, 내 곁의 사람

과의 한마디를 바르게 고르게 빚지 않을 수 없구나, 새삼 그
런 것이었구나, 나는 생각했습니다.

눈이 쌀알처럼 내리는 저녁입니다.
그것을 보며 퇴근길 버스 안에서 이것을 씁니다.

두부
한 모

저녁을 먹고도 허한 마음이 왔습니다. 살얼음이 낀 밖은 미끄러우니 나가기도 오토바이를 오게 하기도 저어했습니다. 냉장고 속에서 두부를 냈습니다. 슴슴한 두부를 구워 먹은 오늘입니다. 가끔 나는 인생이 지나치게 긴 것은 아닐까 생각합니다.

보말죽
한 그릇

퇴근 후 버스에서 내려 눈길을 걸어오는 동안, 보말죽 한 그 릇이 간절해졌습니다. 작년 이맘때 제주를 걷다 불쑥 들어 갔던 해녀할망집. 보말을 넣고 끓여낸 따끈한 죽이 너무나 고소하고 담백해 꿀떡꿀떡 삼켰었는데요. 그 맛이 입에 고 스란했습니다. 다시 먹으러 제주에 가야지, 그러려면 살아 야지, 생각했습니다. 추위 속에서요.

작년 이맘때, 지하철에선 이런 대화를 들었는데요,
정말 그랬으면 좋겠습니다.

"춥다 춥다 해도 얼마 안 남았어.
1월 지나면 바람끝이 덜 매워져."

영원을
믿게 만드는 사람

영화를 보고 나오며 심장이 팔딱거린다고 느껴본 적 있나요? 작은 영화관에 갔어요. 친구가 표를 주어서요, 기대 없이 그냥. 관객은 나 하나뿐이었습니다.

〈피아니스트의 마지막 인터뷰〉라는 영화를 보았어요. 기대 없던 일들의 끝이 그랬던 것 같아요. 살아서 이런 영화를 볼 수 있다니, 다행이었습니다. 좋은 것을 좋다고 느끼는 내 안의 눈이, 오랜만에 떠졌다는 생각을 했습니다.

한 나이 든 피아니스트가 있어요. 사랑하는 사람을 잃고 한동안 아무것도 하지 못했습니다. 긴 공백을 깨고 무대에 선 그, 갑자기 숨을 쉬기가 어렵습니다. 겨우 공연을 마치고, 우연히 제자였던 한 사람을 만나고… 그가 권해 떠난 스위스의 바위 앞에서 인생를 관통하는 깨달음을 얻고요. 돌아와 마지막 무대에 선다, 는 이야기입니다. 이렇게밖에

요약을 못해내다니 조금 분하네요.

극 중에서 피아니스트는 스위스의 엥가딘이라는 곳에 잠시 머물러요. 그 깊은 자연 속에는 거대한 바위가 있습니다. 천 년 이상을, 어쩌면 영원과 비슷할 시간을 그곳에 있었을 바위입니다. 엥가딘에 머무르던 니체가 산책길에 보고서 '영원회귀'를 떠올렸다고 하는 그 바위입니다.

중학교 2학년 때, 나는 윤리 선생님에게서 처음 '영원회귀'라는 말을 배우고서는 니체가 고약하다고 생각했습니다. 내가 죽은 뒤에도 지난 삶이 똑같이 반복되다니, 그것이 뫼비우스의 띠처럼 반복되다니. 얼마나 완벽주의가 되어 살얼음 딛듯 살아내야 하는 걸까. 그런 생각을 했던 것 같습니다.

이 영화를 보고서는, 결국 끝끝내 식은땀을 흘리며 마지막 공연을 마치는 피아니스트를 보고서는 그렇게 생각하기로 했어요. 실수하지 않으려 살지 말고, 아플 일을 미리 점쳐 건너뛰며 살지도 말고, 지금의 내 삶을 포기만 하지 말라는 뜻이 아니었을까요. 어떤 아픔이 밟고 지나갔어도, 어떤 오물을 뒤집어썼어도, 내가 내 삶을 긍정할 수 있다면 다시 한 번 반복되어도 좋다, 그런 이야기 아니었을까요.

혹은 그런 이야기 아니었을까요. 토리노를 지나다 묶여

있는 말을 보고서 미친 채 생을 마감한 니체였지만, 살로메를 만난 순간을 겪었으니까요. 가장 사랑했던 사람이 같은 침실에서 목숨을 버린 일을 겪은 피아니스트이지만, 사랑했던 순간이 사라지는 것은 아니니까요. 나머지 모든 고통을 한 번 더 겪어서라도 그녀를 만날 수 있다면 다시 한 번 반복되어도 좋다.

그토록 다시 한 번 더 살아도 좋다고 다짐하게 되는 일, 영원회귀를 믿게 만드는 사람, 한 번 기다려봐도 좋겠다고 생각했습니다. 스위스 엥가딘이 어디 붙어 있는지도 몰랐던 나였는데, 이번 생에 그런 사람을 만나, 그 바위를 두 눈에 담고 싶다고 생각하게 되었어요. 고마운 영화였습니다.

보이지 않는
마음이지만

늘은 시간 친구의 전화를 받았습니다. 서로 아끼는 편이긴 해도 전화를 걸어오는 일은 거의 없는 친구였는데요, 고민 상담을 부탁해왔습니다.

다 듣고 보니 내가 해결책을 내줄 수도, 조언을 해줄 수도, 물리적인 도움을 줄 수도 없는… 출구가 없는 미로 같은 얘기였는데요. 그래서 내가 할 수 있는 일이라곤 최선을 다해 힘 있고 다정한 목소리를 주는 것밖에는 없었습니다.

그랬구나, 힘들었겠다, 네가 제일 힘들지, 네 생각만 해, 조금 이기적이어도 괜찮아, 그래도 잠을 잘 자고 밥을 챙겨 먹어, 결과를 내가 어떻게 할 수 없다면 과정을 건강하게 버텨내자, 망가지지 않도록 애쓰자, 내가 기도할게.

그런 말들밖에는 없었습니다. 기도밖에는 없었는데요. 어쩔 줄을 몰랐는데요. 친구는 고맙다고 했습니다. 고맙다고요.

이제 양초를 켜야겠습니다.

그 앞에 손 가지런히 모으고요, 보이지 않는 것에 대해 보이지 않는 마음이지만.

아직 오지 않은
당신 대신

나 자신이 된다는 것, 은 무엇일까요. 스물 언저리부터 늘 이 질문은 나를 따라다녔습니다. 진이 빠지도록 옷가게들을 헤매다 꼭 나를 위해 만들어진 것만 같은 옷을 찾은 느낌, 그 속에서 살아갈 수는 없을까? 내겐 꼭 맞는 그 느낌이 행복인데요. 스물아홉 살의 첫 계절에 내린 답은 이런 것입니다.

내가 선택한 일 속에 있는 것. 그 일을 제대로 해내고— 실수는 적게, 다 됐다고 생각될 때 한 번 더 고민해서 완성도를 높게— 스스로에게 또 타인에게 인정받는 것.

타인, 내 노력과 일을 대하는 태도를 궁금해하고 들어주고 인정해주는 타인. 그 존재는 정말 중요하다고 생각해요. 일터에선 나 혼자만 열심히 해본다고, 내가 나에게만 만족한다고 해서 만족할 수 있진 않았습니다. 적어도 제가 하는 일들은 그랬어요.

그리고 그 일과는 온전히 별개로 나 자신과만 있을 수 있는 시간을 가질 때. 지금처럼 오늘 내 안에서 영근 말들을 꺼내어 써 내려가는 이런 순간. 향초를 켜두고 눈을 감고 낮은 목소리의 노래들을 듣는 그런 순간.

마지막으로 거짓말하거나 숨기지 않아도 괜찮은 사람들 속에 있을 때였어요. 조금씩은 달라서 서로를 궁금해하는 사이, 그 다름을 혐오하는 것이 아니라 오호! 그런 마음도 있구나, 해줄 사람들. 얼마 전 그런 인연들과 오랜만에 만나 남산 둘레길을 걸었습니다. 덜 녹아 반짝이는 눈을 밟으며 이런저런 말들을 나누었어요. 좋았던 영화 소개, 밥 벌어 먹고 있는 일, 염두에 둔 작당들, 떠올리면 울컥해지는 지난 추억들을요. 아무리 천천히 눈길을 걸어도, 고르지 않고 단어를 뱉어도, 안심이 되는 사람들이 있습니다.

좋아하는 일, 나와의 시간, 사랑스러운 친구들.
아직 오지 않은 당신 대신, 모두 가지면 안 될까요.

한때 내 모든
저녁이었던 사람

퇴근길 한강을 지나다가 어떤 노래를 들었습니다. 유튜브 알고리즘이 택한 한 곡이 재생되자 그 사람이, 한때 내 모든 저녁이었던 한 사람의 눈빛이 자동재생되고 말았습니다. 나는 재빨리 시사 라디오를 틀어 감정을 지워내기 시작했습니다. 아무 생각도 하지 않고 가득 찬 일만으로 바쁜 날들이 나는 좋다고, 계속 이렇게 지낼 수 있으면 좋겠다고, 잔가지를 모두 스스로 잘라낸 채로 우뚝 서 있는 나무의 몸통처럼 생각했습니다.

어느 완벽한
일요일 밤

귤을 까먹다가 나도 모르게 기분이 좋다! 명료하게 생각했습니다. 오랜만의 일입니다. 6주간 준비한 프로그램이 방영되었고, 몇 주 내리 두통에 시달렸던 다음 주인공 찾기도 끝냈습니다. 며칠간 휴가가 주어졌고요.

오늘은 푹 자고, 또 자고, 강원도의 풍경을 담은 영화를 보았어요. 밤 산책을 하며 이적의 최근 앨범을 들었습니다. '신보가 이렇게 좋았던가? 지쳐 있었을 땐 이런 식으로 와 닿지 않았는데?' 연신 감탄하면서요. 아름다움은 그 자체보다도 내가 그것을 빨아들일 준비가 되어 있는지가 중요한 건지도 모르겠습니다.

산책을 마치고 돌아와선 김치전을 부쳐 맥주 한 캔을 땄습니다. 이쯤이면 완벽한 일요일 밤 아닌가요?

'그런'
허송세월

모임 약속 전에 카페를 찾았습니다. 두 시간쯤 앞자리의 연인을 자연스럽게 보다 말다, 관찰하게 되었는데요. 둘은 '둘로 있는 것' 말고는 별일을 하지 않았습니다. 서로를 바라보다가, 함께 영화를 보다가, 또 껴안고 있다가, 담소를 나누다가, 조금 투닥거리다가… 오가는 말의 내용은 알 수 없지만 그런 모양들이었습니다. 말 그대로 허송세월인데요.

나는 책을 읽기도 하고, 원고를 보기도 하고, 메모를 하기도 하고, 혼자 그래왔듯이 시간을 허투루 보내지 않으려 집중했는데요, 이 시간 이렇게 모아서 다 어디에 쓰나, 싶기도 했습니다. 눈앞에 단 한 사람만 있어도 세상이 다 재미난, 그런 허송세월이라면 해봄 직할 텐데요.

"사랑 한번
안 하겠다고 버텨봐"

목요일은 기분이 조금 이상합니다. 내일이면 금요일, 그리고 해방의 주말이 온다는 것 때문일까요. 토요일엔 혼자 새를 보러 조금 먼 곳에 가볼 생각입니다. 스님과 새가 함께 사는 작은 캠핑장이 있다고 해서요.

주중에는 오랜만에 부지런히 사람들을 만났습니다. 몇 달 만에 마주한 친구들은 제게 어김없이 묻습니다. 요즘은 재밌는 일 없어? (번역 : 좋아하는 사람 없어? 혹은 썸 같은 거 없어?)

금방 사랑에 빠지기로 유명했던 제가 용하게도 사랑에 빠지지 않은 지, 벌써 일 년이 다 되어갑니다. "사랑 한번 안 하겠다고 버텨봐, 어느새 무언갈 사랑하고 있을걸." 하던 (홍상수 영화 〈옥희의 영화〉에서) 대사가 생각나네요. 일부러 버텨본 건 아닌데 어쩌다 보니 이렇게 되었습니다.

피 뚝뚝 흐르던 생채기는 이제 다 나았는데요, 실금이 간 이를 혀로 더듬어보듯 그렇게 아직은 흉터를 매만지기만 하는 요즘입니다.

도망치지 않을 수 있는 사람, 갈등을 그대로 직면하고 대화할 수 있는 사이, 그런 일이 가능한 내가 될 때까지는요, 아마도.

바다는
어디 있나요?

어제는 영화 〈소울〉을 보았는데요, 당신도 보았다는 가정 아래 이야기할게요. 저는 아직까지도 그 황홀한 이야기 속에 갇혀 있어요. 저는 피아니스트 주인공이기도 하고요, 뒤늦게야 불꽃을 찾아 사람이 된 22번 영혼을 닮아 있기도 하지요.

주인공에게 불꽃이 음악이었다면, 제게는 글쓰기인데요. 신춘문예 같은 것을 통해 검증된 것도, 베스트셀러 작가도 아니지만 저도 주인공처럼 이 재능을 '목적'이라고 생각했던 시기가 있었어요.

'내게는 이것밖엔 없다, 이것으로 어떻게든 뭔가를 이뤄야 한다'는 생각. 주인공에게 그것이 재즈바 공연에 서는 일이었다면 제게 그것은 '책 출간'이었던것 같아요. 막상 첫 번째 에세이집을 내고 보니, 마법 같은 일은 일어나지 않더군요. 저의 내일은, 책을 내기 전 어제와 다름없었어요.

"어느 날 어린 물고기가 나이 든 물고기에게 물었지.
'바다는 어디 있나요?'"

〈소울〉의 명대사인데요, 저도 이 어린 물고기 같은 마음이었던 것 같습니다. 내가 책을 냈든 아니든, 유명해지든 아니든, 지금도 쓰고 있는데요. 물속에 있는데요. 이것을 이렇게 끄적일 때 나도 '몰입의 하늘' 위에 둥둥 떠다니는데요. 살아 있음을 느끼는데요. 그것으로 충분한 것이었어요.

세상의 모든 별것 아닌 것들 속에서, 자연스러운 하루, 하루 속에서 빛을 보았던 영혼 22의 '발견하는 눈'. 그 눈을 잃지 말자는 생각을 했어요. 나도 그것을 보고 그것을 기록하며 한평생을 살아야지 하고요.

〈소울〉을 보기 전에, 아내이자 어머니이자, 장구를 치는 어떤 여성분께 취재 전화를 했었는데요. 그때 남편분에게 언제 처음 반했는지를 묻는 제게 그분은 이런 이야기를 들려주셨어요.

"초봄쯤이었어요. 새벽 6시에 그이가 제 집 앞에 차를 타고 와선 난데없이 전화로 저를 깨웠어요. '무등산에 가자' 손을 잡고 산에 올랐는데요, 그 사람이 이걸 좀 보라고 그러더라고요. 봄기운을 잔뜩 머금은, 막 물이 촉촉하게 올라오는 나뭇가지였어요. 꽃도 아직 피지 않은, 그냥 나뭇가지였는데요.

그렇게 '봄이 나뭇가지 끝으로 온다'는 걸 저는 그이를 만나기 전까지는 모르고 살았어요. 이 사람이라면, 이런 사람이라면 내게 없는 것을 채워주고 나는 이 사람에게 없는 것을 채워주며 살아볼 수 있겠다, 그래서 결심했어요."

그녀는 그를 만나기 전까지는 한평생 장구에 몰두하는 삶을 살았다면 지금은 가정을 꾸리고, 아이들에게 봄이 오는 모양을 알려주는 삶을 살고 있는 분이었어요. 〈소울〉의 주인공처럼 그리고 그녀처럼, 저도 그런 마음으로 살고 싶어요.

특별한 것이, 내 삶을 송두리째 바꿀 무언가가 저기 있을 거란 마음 대신 내일 아침에도 일어나면 봄의 뒤통수가 한 뼘 더 자라 있겠다, 그 흔적을 고양이의 울음에서 찾아보려나, 푹해진 바람에서 찾아보려나, 둘러보는 그런 마음으로요.

당신에게도 그런 날들이기를.

새해의
빨래

음력으로는 내일이 1월 1일이네요. 오늘과 비슷한 내일일 텐데도, 1이라는 숫자는 마음을 들뜨게 하는 재주가 있습니다.

저는 오늘 종일 빨래를 했어요. 묵은 옷들은 버리고, 세탁소에 맡겨야 할 것을 골라내고, 봄옷을 꺼내고, 세탁기를 몇 번이고 돌렸습니다. 흰 셔츠를 뽀득뽀득 문질러 빨기도 했지요. 새하얗게 표백된 옷가지를 보면 왜 이리도 마음이 개운할까요.

새하얀 셔츠, 아무도 밟지 않은 눈, 새해 첫날. 그런 것들이 주는 빛과 기운을 우리 잘 받아들고 걸어보아요. 내일도, 내일도, 내일도.

지각

회사에 지각을 했습니다. 애써 웃으면서 문을 열고 들어갔는데 팀장님이 물으셨어요.

"어디 아프니?"

제가 "그런 건 아닌데요." 하고 웃으며 답을 뭉개니 또 그러셔요.

"봄 타느라 그런가 보구나."

"어떻게 아셨어요!" 하고 답했습니다. 이런 곳에서 일하고 있어 다행이라고 생각했습니다.

물풍선

봄이면 나는 기필코 슬픕니다. 슬퍼서 무언가를 가지고 싶습니다. 가장 몸에 붙이고 싶었던 것은 당신의 숨결이었는데, 그 일에 실패하여 나는 목이 마릅니다. 배가 고픕니다. 물풍선의 볼을 누르면 엉덩이가 튀어나오고 마는 것처럼, 넘실거리는 욕망들은 억누를수록 솟아오를 뿐입니다. 나는 마시고, 또 먹고, 읽고, 보고, 아름다운 옷가지들을 넘치도록 사서 피부에 걸쳐봅니다.

당신만이 부족합니다.

살아 있는 건
아무래도 좋은 일

남산을 걸었습니다.

마음도 몸도 찌뿌둥했지만 날씨가 아까워서요.

걸으면서 인간은 귀엽다는 생각을 했습니다.

아무래도 저는 아직 사람에게 질리지 않았나 봅니다.

다들 가볍고 산뜻한 옷차림으로

꽃을 보며 걸었습니다.

엄마와 아이가, 연인들이 발맞춰 걸으며

떨어지는 벚잎을 잡아보려 애쓰는 것을 보았습니다.

머리에 꽃잎이 앉은 줄도 모르고 걷고 있는 소년,

우—후 소리 지르며 자전거를 타고 꽃비 속을

달려 내려오는 사내들,

지나가다 모르는 아이에게 빼빼로를 쥐어주는
또 다른 소녀,
꽃잎을 잡으려 익살스레 몸을 던지는 남편을
사진으로 남기는 아내,
길을 걸으며 누군가에게 영상통화를 거는 중년의 여자,
좋은 것을 사랑하는 이에게 보여주고 싶은 그 마음.
그리고 올해 봄의 첫 나비도 보았습니다.
짝지어 날던 흰 나비 한 쌍이, 이내 흩어져
각자의 길을 갔습니다.

그 모든 것을 꼼꼼히 눈동자 안에 적어 넣으면서
살아 있는 건 아무래도 좋은 일이구나,
봄이란 이렇게 사람들에게 생기를 불어넣는구나.
그런 생각들을 했습니다.

오랜만에
취한 날

저는 언제나 덜 보여줄 줄 아는, 혹은 결코 보여줄 생각이 없는 이들, 신비로움과 호기심 속에 스스로를 봉인하는 이들을 동경해왔습니다. 때로는 늘 보여주고 싶어 하는, 솔직할 수 있는 상태의 저를 부러워하는 이도 드물게 있었지만 말입니다.

오늘은 오랜만에 취한 날입니다. 아직은 온전히 친해지지 못한 사람들에게 제가 써둔 내밀한 글을 보여주는 술주정을 부렸어요. 나를 알아달라는 요청이지요. 가끔은 부끄러움을 넘어 이런 스스로가 가엾게 느껴집니다. 빠른 시간 안에 나를 알아줘, 부끄러워 말하지 못한 글 속의 나를 부디 알아줘, 하고요.

어떤 식물은 물 없는 사막에서도 묵묵히 산다는데, 사

랑과 관심이란 물을 갈망하는 저는 식물로 치면 수경재배 품목 정도 되려나요. 각자의 모양이 다른 것이라고 생각하면 마음이 조금은 편해집니다.

경험한
사람

요즘 저는 지인 자녀분의 취업 자기소개서를 첨삭해주고 있어요. 축구 유망주였던 친구인데, 큰 부상으로 인해 진로를 바꿨고, 그 사건이 인생에서 가장 큰 전환점이었다고 해요. 저는 이런 문장을 생각해봤어요.

"당시 '나는 실패했다'는 생각에 제가 축구를 했다는 사실조차 숨기고 싶었습니다. 그러나 저는 실패한 사람이 아니라 '좋은 경험을 얻은 사람'이었습니다. 축구를 오랫동안 하며 지구력과 집중력을 얻었고, 승리라는 목표를 향해 동료와 함께 달릴 수 있는 협동심이 길러졌다는 것을 뒤늦게 깨달았습니다."

경험 자체는 바꿀 수 없지만, 경험 이후 그것을 대하는 삶의 태도는 우리가 결정할 수 있다고 생각해요. 그래서 이

문장을 보내주고는 그런 생각을 했어요.

　내가 제일 잘하는 건 짝사랑, 못하는 건 연애였지만, 지난 사랑에게서 상처만 받았다고 생각했지만, 그때 느낀 감정들이 나를 더 풍성하게 만들어준 것 같다고요.

　이제 어떤 소설을 읽어도, 휴먼 다큐 일을 하며 어떤 주인공에게 인생 이야기를 들어도, 사랑에 데어보기 전과 후, 실연을 겪기 전과 후의 내 해석은 깊이를 달리 할 것이라고요. 그러니까 나도, 실패한 사람이 아니라 경험한 사람이라고. 그렇게 생각하기로 했습니다.

내 마음 모양과
맞는 사람

사실은 나도 나를 잘 모릅니다.

열심히 아는 척 해왔지만 모릅니다.

내가 나를 모르니까요.

누구를 사랑해야 알맞을지도 모르겠습니다.

그래서 자주, 쉽게 반해버리는 것일까요?

내 마음 모양과 맞물리는 구석 무엇이든지요.

오밀조밀 아직도 빚어지고 있는 마음인데요.

매일 달라지는 맺음새를 영원이라 믿고서

이번에는 또 누구를 따라가고 있는 걸까요.

측백나무
숲

여행 다큐멘터리를 보다가 이런 장면을 보았습니다. 노부부가 측백나무 숲을 조금 사서 집을 짓고 사는 모양.

산새 소리만 가득한 측백나무 숲에,
당신과 내가 앉을 나무 의자 단 두 개.
그 자리에서 바라보는 호젓한 마을.

나이 예순쯤엔 누군가와 이렇듯 단출하고 다정하게 살고 싶다, 생각했습니다.
언젠가는 그렇게 될 것 같습니다.

혼자서
아름다움을 견디는 일

이제는 꽃을 피울 수 있을 것 같은데, 이제는, 이제는 때가 되지 않았나? 말라가는 씨앗을 마음에 심고 빛과 물을 줄 당신을 찾아 세상을 애타게 뒤지던 날들. 외로워서 일하고, 외로워서 만나고, 외로워서 잠시 스칠 마음을 사랑이라 믿고, 외로워서 글을 써도 마음이 텅 비던 날들. 그럼에도 당신을 찾을 수 있을 거란 믿음 하나로 애써 혼자만의 방을 닦고, 스스로에게 따뜻한 밥을 해 먹이던 날들. 지쳐서 '이제 사랑 이야기 그만하고 싶은데' 생각하면서도 사랑 이야기 밖에는 나오지 않던 시절의 메모들을 이곳에 옮깁니다.

정월대보름

달님, 사랑하게 해주세요.
저를 궁금해하는 사람이 생기게 해주세요.

다정의 이유

내일이 면접인 후배에게 정장을 빌려주고, 이렇게 카톡을
보냈다.
"와이셔츠는 다시 다렸어? 내 새끼가 최고니까 잘 하고 와."

나는 왜 안 물어봐도 될 걸 물어봐주고, 신경 써 다정한 말
을 전할까?

그건 다 내가 그 말을 듣고 싶기 때문.
내가 그렇게 대접받고 싶기 때문.

다정한 사람은 사랑이 많다고 오해되지만,
실은 더 외롭고 더 사랑을 원하는 것.

서럽다는 것

길어 까맣게 때가 낀 줄도 모르고 이리저리 뛰어다닌 날의 내 손톱을 내려다보는 일.

늦은 시간 지하철에서 어린 자식과 전화하며 '피자 샀어', 피자를 안고 가다 한 조각 살금 꺼내어 먹는 취한 아버지를 보는 일.

매일매일 꽃을 기른다

공원 근처에서 개구리 우는 소리를 듣고 '정말 경칩인가 봐' 신기해하는 일. 아빠가 '마음에 들면 사서 보내줄까?' 물으며 보낸 봄 재킷 사진에 혼자 웃는 일. 퇴근길 좋아하는 음악을 듣는 일. 아무도 없는 새벽의 교차로를 천천히 무단횡단하는 일. 출근 전에 급하고 개운하게 손빨래를 해치우는 일. 출근길 맛있는 음료수 하나를 사서 달랑달랑 들고 걷는 일. 퇴근하고 잠시 시 한 편을 읽고 눕는 일, 이렇게 남은 아름다움을 확인하고 또 확인하며 살아내는 일.

여섯 글자의 힘

"조만간 또 봬요."
조. 만. 간. 또. 봬. 요.
여섯 개의 글자 조합만으로도 사람은 며칠을 견딜 수 있다.
'조만간'은 도.대.체. 언제쯤이며, '또 봬요'는 얼마나 진심일
까?

나는 매일 믿는 사람, 매일 바보인 사람.

자기만의 방

이사를 하고 다섯 밤을 잤다.

문을 닫고 잔잔한 음악을 틀어놓고 가만히 누워 있으면 한
번도 느껴보지 못한 안정감이 나를 감싼다.

스물하나에 가족의 집을 나와 한 해는 룸메이트와 대학 기
숙사에 살았다. 그리고 다섯은 족히 되는 타인들과 화장실
과 세탁기, 불을 쓸 수 없는 식당을 공유하는 하숙 생활을

지난 5년간 했다.

그때도 방은 아늑하고 조용하며 안전했지만, 이토록 완전한 공기는 아니었다.

오늘은 일찍 눈이 떠져서 선물 받은 밥솥에 첫 밥을 지었다.

천천히 올라오는 밥의 훈기를 가만히 보고 있었다. 처음 본 사람처럼.

내게 움직이는 손이 있고
이 방 한 칸이 있고
밥이 따듯하게 지어졌다.

그 세 가지만으로도 일순간 충만해졌다.

밥을 다 먹고는 샐러드를 해놓으려 감자와 계란을 불에 올렸다. 그것들이 익는 동안 세탁기를 돌려놓고, 향을 피워놓고 오래오래 씻었다.

나가려 문을 열었을 때는 손바닥만 한 앞뜰에 심긴 작은 대추나무가 바람에 흔들리고 있었다. 계단에 앉아 그걸 보면서 '바람이 부는구나, 별이 좋구나' 스스로에게 말해줬다.

더 살아봐도 좋겠다는 생각을 했다.

베이스캠프

동네 선배네 집에서 보글보글 끓인 나베로 저녁을 먹었다. 아직 차가운 늦저녁, 건강한 것을 함께 먹으며 사는 이야기 나눌 사람이 아직 곁에 남아 있어 다행이다.

(나) "그게 슬픈 것 같아요. 지금의 삶은 임시라는 생각? 계약직인 일터도 월세방도, 이곳은 더 나은 곳에 가기 전의 잠시일 뿐이라는 생각요."

(선배) "정상에 가기 전의 베이스캠프라고 생각하면 되지. 그건 슬픈 게 아니라 꼭 필요한 거잖아. 그리고 베이스캠프에서 만난 사람들과도 얼마든지 즐거울 수 있을걸."

오늘 저녁 알게 된 것

에너지의 밥통을 누룽지 박박 긁어서 다 써버리면
지하철에서 사람들 어깨를 치고 지나가버리고 싶어진다는
사실.

애써 상냥하고 싶지 않던 저녁이 지나갔다.

쿠키는 하나씩

어릴 때부터 한 번 손에 들어온 간식은 그 자리에서 먹어치
우곤 했다.

일곱 개가 세트인 쿠키가 있을 때, 언니는 남겨두고 그것이
거기 있음을 일주일 내내 천천히 즐기는 반면, 나는 앉은자
리에서 다 까먹지 않으면 방학 숙제에 집중하질 못했다.

그리고 이건 관계에서도 마찬가지. 변해보려 해도 쉽지 않다.

나는 진심의 날강도가 되어 그 사람의 마음을 메스로 가른다.

'너의 진심을 내놔! 네가 어떤 사람인지 지금 궁금해!
나를 어떻게 생각하는지 당장 알고 싶어!'

일을 대하는 태도도 비슷하다.

'내가 하는 일의 기쁨과 슬픔, 뿌듯함의 정수만을 모아 한
번에 맛보고 싶어. 지금 이건 지루해서 그만둬야겠어.'

이러니 도망가지 않을, 질리지 않을 도리가 없지.

오늘 인사를 했다면 다음엔 커피를, 그다음엔 밥을 먹으며,
천천히.

부디 조금씩 알아가는 일에 익숙해지기를.

끝
_____

그 애의 눈빛에서 사랑을 느낀 것은
단지 내가 그렇게 믿고 싶었기 때문에.

연결

오늘 아침에 눈을 떴을 땐 깨어 있다는 감각이 생경했다. 간 밤에 고여 있던 찬 공기가 한몫했을 것이다.

이렇게 살아 있으면 뭐 하지? 사랑을 하지 않는 나는 무엇이지? 나는 누구지? 새삼스럽게 아무것도 모르게 되었다.

그 무엇과도, 누구와도 연결되어 있지 않다는 급박한 외로움이 스몄다. 실제론 그렇지 않은데도, 감정은 제멋대로 텅 비어버린다.
습관처럼 씻고 버스를 타고 회사에 나가고, 퇴근 후엔 친구를 만나거나 모임에 갈 수 있는데도.

매일 밤과 아침의 마음을 묻던 한 사람과 멀어졌다는 하나의 이유만으로 온 세상은 텅 빌 수 있다.

혼자서도 잘 지내려면 어떻게 해야 하는 걸까.
신의 바짓가랑이를 붙들고 묻고 싶다.

정류장에서

가끔 생각이 난다.

제주도에서 버스를 기다리는데, 마른 강아지 한 마리가 정
류장에 서성이고 있었다. 쪼그려 앉아서 손을 내미니까, 먹
을 거라도 주나 싶어 달려들었다가 고개가 폭 꺼졌다.
편의점에서 소세지를 사서 줬는데, 너무 급하게 먹었는지
강아지는 딸꾹질을 했다. 끄윽, 끄윽, 끄윽.
나는 딸꾹질이 멎는 걸 못 보고 내 버스를 탔다.

가끔 그 강아지를 생각한다.
딸꾹질은 멎었을까.
나 때문에 아프거나 죽지는 않았을까.

오래 지켜줄 것도 아니면서,
굶주린 존재에게 마음을 내어주는 일에 대해서.

가끔 생각한다.

노을

내가 원한 건 단지 그런 것.

아 — 노을이 이쁘다.
요즘 낙엽이 참 좋아.
감기 조심해.

그런 말을 나누는 일이었는데.
혼자서 아름다움을 견디는 일을 그만하고 싶었을 뿐이었는데.

2부
/
거짓말처럼 당신이 왔다

어느
무료한 오후

오늘은 이른 퇴근을 했다. 친구를 만나러 다른 동네에 와서 창이 큰 카페에 자리를 잡았다. 창밖 멀리 전철이 지나가는 것, 나무가 흔들리는 것, 사람들이 마스크를 쓰고 걸어가는 것을 보았다. 어떤 남자는 멈춰 서서 고개를 숙이고는 나무 아래를 골똘히 보았다. 아마도 꽃이나 독특한 식물을 관찰하는 것 같았다. 잠깐 멈춰 주변의 작고 아름다운 것을 둘러볼 줄 아는 사람, 그런 눈을 가진 사람. 저 사람과 내가 아는 사이이었더라면 나는 분명 그를 좋아했을 거라는 생각이 들었다.

아이스 피치 우롱티를 시켰다. 차에서 여름맛이 나네, 생각했다. 에어컨 바람이 차가웠다. 무용한 시간이 흘러갔다. 창가에 붙은 날벌레를 가만히 보고 있다가 엎드려 눈을 감았다가, 다시 고개를 들어 전철이 가는 것을 보았다. 어디

론가 떠나고 싶기도 하고 귀찮기도 했다. 누군가와 키스를 하고 싶기도 했고 자신이 없기도 했다. 변해보고 싶다고 생각했다가, 지금이 편하다고 생각했다. 내 마음을 나도 모르 겠다.

거짓말처럼
당신을 찾았다

거짓말처럼 당신을 찾았다. 첫 만남 전, 우리는 일주일간 매일 전화를 했다. 휴먼 다큐 취재작가로 일하고 있던 나는, 직업 정신을 발휘해서 당신이 어떤 삶을 살아왔는지, 어떤 가치관을 가지고 앞으로 살아갈 것인지를 요목조목 물어봤다. 당신은 여유롭고 기꺼운 태도로 솔직하게 답해줬다.

대학을 졸업한 당신은 '가난한 자들의 친구가 되어 더불어 행복한 인간상'을 추구하는 어느 대안학교의 선생님이 되었다. 그곳에서 어떻게 살고 싶은지 고민하고 또 고민했고, 머리가 아닌 손발로 삶을 짓고 싶어 학교를 나와 목수가 되었다 했다. 전국을 돌아다니며 타인의 집을 지어주던 당신은 고향에 뿌리내리고 누군가를 만나 따스한 가정을 꾸리고 싶었고, 이제는 화원에서 나무와 꽃들을 가꾸고 있다. 당신은 갈림길마다 타인의 시선이 아닌 스스로가 원하는 선택을 하고 책임지며, 서사를 만들어온 사람이었다. 나는 그 당당함에 마음을 뺏겼다.

실제로 만난 당신은 몇 년은 봐온 것처럼 편했다. 눈빛만 봐도 이미 알던 사람 같았다. 당신은 내가 글 쓰는 사람으로 살고자 하는 마음을 귀하게 여겨주었다. 이 사람과는 애인을 넘어 서로를 키워주는 도반이 될 수 있겠다, 싶었다.

겨우 두 번째 만남에서, 우리는 늙어서까지 함께한다면 "흙으로 집을 짓고 나무 의자에 앉아 숲을 바라보자"고 했다. 현실감이 없었다. 한 달 전에 나 혼자 품었던 꿈이었는데, 이렇게 갑자기 그 사람을 찾게 되다니.

한 달 뒤의 우리조차 알 수 없지만, 오늘의 나는 그냥 '오늘 좋으면 내일도 좋을 것'이라고, 믿기로 한다.

침묵도
편한 사이

당신이 사는 대전에 와 있다. 대전이라는 도시는 차분하고 여유롭다, 마치 당신처럼. 만난 지 얼마 되지 않은 사람이 이렇게 좋아도 되나, 어떻게 이렇게 편할까 그런 생각 속에 있다. 사랑에 빠지는 건 교통사고 같은 일이라더니 정말 그렇다.

정말 예쁨받고 있다는 기분, 이런 게 사랑받는 거구나 싶은 기분을 매 순간 느끼게 해주는 사람, 내가 사랑이라고 믿었던 지난 사람의 눈빛은 진실이 아니었음을 깨닫게 하는, 그래서 나를 슬프게도 만드는 사람, 그러나 불안하게 만들지 않는 사람. 이런 사람이 이 세상에 이렇게 존재하고 있었음을 알게 됐다. 내가 이 사람을 만나려고 지금껏 달려왔음을. 그러나 이 사람은 떠난 뒤에도 내게 씩씩함을 물려줄 사람임을.

어제는 야경을 보려고 차를 타고 산복도로를 올라갔는데 아주 깜깜했다. 칠흑 같은 어둠 속에 안개까지 가득했지만 이 사람과 함께라면 어둠도 무섭지 않네, 침착하고 믿음직한 사람이니까 차 사고 같은 것도 조금도 걱정되지 않네, 그런 생각들을 했다.

결국 안개 탓에 야경은 보지 못했다. 우리는 자욱한 안개 숲속을 어깨 맞대고 걸었다. 여긴 무진은 아니지만 꼭 소설 「무진기행」 속에 들어온 것만 같네, 꿈속 같기도 하다, 그런 이야기들을 하면서. 때로는 아무런 말도 하지 않으면서, 그 침묵조차 편하게 생각하면서.

영원처럼
긴 심지

퇴근하고 갑자기 당신이 보고 싶어 불쑥 대전으로 가는 열차 안. 내일의 출근도, 앞으로의 일들도 아무것도 생각하지 않는다. 오로지 당신을 보고 싶은 마음뿐. 내가 이럴 수 있는 사람인 줄 모르고 살았다. 이 마음이 너무 급해서, 너무 빨라서 일찍 타버리고 꺼지면 어쩌나 걱정도 되지만, 영원처럼 긴 심지도 있지 않을까.

열차가 앞으로 움직인다.

안개 속을
걷는 일

새벽 6시. 대전으로 내려가는 당신을 배웅하고 서울의 내 방으로 돌아왔다. 어제의 나는 미래의 일들이 갑자기 불안해졌고, 당신은 믿음을 주려고 밤을 타고 달려왔다. 피곤에 충혈된 눈으로 좋아한다 말해주던 당신. 심장을 맞대면 거짓말처럼 흩어지던 내 속의 안개. 사랑이란 무엇인가요, 누군가 묻는다면. 서로 어깨 맞닿고 안개 속을 걷는 일, 이라고 답할 수 있을까. 언젠가 허방을 디디게 될지도 모른단 걸 알면서도 한 발은 꾹꾹, 지금 여기 내딛는 일. 서로의 어깨를 믿는 일. 어디까지나 걸어가보는 일이라고.

따사로운
시간

당신의 아늑한 방에서 새 소리를 듣고 일어났다. 부드럽고 느린 리듬의 노래들을 틀어두고 창밖의 나무가 흔들리는 것을 보았다. 당신이 뒤에서 나를 꼭 껴안았다. 우리는 서로의 품에서 조금씩 밝아져오는 하늘을, 오른쪽으로 오른쪽으로 날아가는 새들을 보았다.

나란히
걷기

말없이 손을 붙잡고 걷는 것만으로도 기뻤다, 당신과는.

리베카 솔닛의 책 『걷기의 인문학』에서는 산책은 이미 오래전에 구애의 한 부분으로 자리 잡았다고 말한다. 한 걸음 한 걸음 나란히 걷는다는 이 섬세한 행위는 두 사람이 감정적, 육체적으로 한편이 되는 방법이라고 말이다. 그래서일까, 우리는 앉아서 이야기 나누는 것보다, 어디든 나가서 함께 세상을 느끼며 걷는 게 좋았다.

오늘 낮엔 손잡고 황토길을 맨발로 걸었다. 걸으며 아이들과 흙놀이하는 부부를 봤다. 당신은 문득 나중에 가정을 꾸리면 아이를 가지고 싶은지를 물었다. 내가 딸 한 명만 와주면 좋겠다 했더니, 성이 한씨인 당신이 그럼 이름을 한여름으로 짓자고 했다.

"인생이 너무 뜨거워지면 어떻게 하지?"

"그래도 정열적인 게 차가운 것보다는 좋지 않을까, 가끔 이렇게 시원한 바람도 불 테니까."

어쩌면 '내일의 우리'에겐 오지도 않을 일이겠지만—
'오늘의 우리'는 부둥켜안고 숲길을 내려왔다.

같이 있기 위해
혼자가 되기 1

당신으로부터 돌아와 혼자가 되었어. 오전에는 간단히 회사 일을 봤고, 서점에 가서 책을 한 권 천천히 골랐고, 혼자 영화관에 갔어.

당신이 없을 때, 대전이 아닌 서울에서의 나도 행복하고 싶어서 나는 이렇게 균형을 맞춰보는 거야. 혼자 있을 때의 나도 행복해야만 당신과 있을 때의 내가—이 사람이 언젠가 나와의 인연을 다하더라도, 나는 불행 속으로 떨어지지 않을 거야 하는 안정감을 가지고— 더욱 행복할 수 있을 테니까.

우리, 아무리 함께하는 시간이 행복하다 해도 그리움에 목매지는 말자. 서로가 없는 시간에도 스스로를 잘 돌보자.

아이러니하게도 내가 혼자 있을 때 불안함 없이, 차분

히 집중할 수 있는 건 결국은 당신이 나에게 사랑으로 신
뢰를 보여주어서, 지칠 때 돌아갈 품이 생겼다는 생각 때문
에… 그게 든든해서인 것 같아. 당신을 향한 마음이 뜨겁지
않아서가 아니라 말이야.

그때는

퇴근 후 혼자 걷는 밤 산책길엔
　문득 지난 사람이 떠올랐고, 이런 생각이 들었다.

　그때는 그게 필요했으니까.
　그때는 사랑이 아니라는 걸 알면서도
　그렇게 믿고 싶었으니까.
　체온을 나눌 사람이 필요했던 거니까.
　그 외롭고 누추한 마음마저 나였으니까.
　그런 형태라고 해도 내게 필요했던 만남이었으니까.

　왜 그런 사람을 몸과 마음에 담았던가,
　자책하지 말자.

　그것이 진심이 아니었다고, 사랑이 아니었다고

지금의 당신과 비교하면서

내 과거의 한 시절을 부정해선 안 된다고.

같이 있기 위해
혼자가 되기 2

"나한테 바라는 것 있어?"

"앞으로 바라는 거?"

가끔은 내가 오롯이 고독할 시간을 주길 바라.

나는 글 쓰며 살고 싶으니까

앞으로도 지금처럼 '자기만의 방'을 꼭 가지고 싶어.

아무리 한 몸처럼 사랑하는 사람이 있다 하더라도

글 쓰는 순간만큼은 누구도 함께해줄 수 없다는 것. 그

게 단 한 줄이 될지라도, 글은 완전히 혼자가 되어야 하는

일이라는 생각을 해.

나는 당신이 준 힘으로 고독 속에서 계속 무언가를 써

나갈게.

한입거리

느긋하고 안전한 하루, 너무 달콤해서 이렇게 널브러져 있어도 되나, 싶은 하루. 그러면 당신은 이런 농담을 하고. 옛날옛날에 공룡 살던 시대에 발가벗고 이렇게 두 사람이 껴안고 누워 있으면 말이야, 공룡은 참 좋았겠다. 포장도 없이 원 플러스 원으로 한입에 털어넣을 수 있잖아. 나는 막 웃다가, 우리도 이렇게 널브러져 있다가 뭔가에 먹혀버리면 어쩌지? 다들 앞서나가는데 우리만 멈춰버리면 어쩌지? 그런 바보 같은 질문을 하고.

첫
서운함

처음으로 서운하다는 이야기를 들은 날, 내가 당신과의 약
속을 지키지 못한 날. 이 사람 곁에 있으면 내가 더 좋은 사
람이 되겠구나, 하고 생각했어. 기대한 만큼 실망했다는 이
야기를 이렇게 조곤조곤, 사랑을 담아 해주는 당신을 위해
서 다시는 실망시키지 않도록, 힘껏 애쓸게.

　　당신이 아닌 다른 이들과의 관계에서도
　　순간의 평화와 기분 좋음을 위해
　　거짓된 약속으로 모면하려 하지 않고,
　　약속을 어렵게 여길게.
　　그렇게 어렵게 해낸 약속이라면
　　어떻게든 꼭 지켜낼게.
　　그렇게 더 좋은 사람이 되어갈게.

나 그런 생각을 해, 이런 게 진짜 연애구나.

더 잘 지내고 싶어서 갈등을 수면 위로 올려 고쳐나가는 것. 그저 좋기만 하려고 덮어놓고 하하호호 하는 건 이기심이지 사랑이 아니겠다는 생각을 처음으로 해봤어.

나는 이제야 진짜 사랑의 세계에 발을 들였구나.

미래에
서로를 두는 일

당신이 써둔 〈할 일들〉 메모를 봤다. 나와 같이 가려고 예약
해둔 횟집에, 모기 물리지 말라고 방충망을 수선할 예정이
고, 편하게 쓰라고 샤워기 헤드도 교체했다고 적혀 있었다.
당신의 메모에, 당신의 신경 쓸 거리들 속에, 당신의 미래에
내가 있다는 것. 그게 참 기뻤다.

저녁을 먹고는 밤길을 걸었다. 이 시간 대전은 정말로
호젓하다. 세상에 우리 둘밖에 없는 기분으로 밤 산책을 했
다. 당신의 늘어난 티셔츠에 하도 빨아 낡아진 면바지를 입
고서, 설렁설렁 걸었지.

화개(華蓋)

화원을 꾸리는 당신이 꽃 사진을 보내왔다. 접시꽃 종류인데 이 화분만 독특한 모양으로 자라고 있다고 했다. 당신은 오묘한 붉은빛 꽃술이 커다란 이파리 속에 숨겨져 있는 이 꽃을 보며 내 생각이 났다고 했다. 그동안 사랑받지 못했다고 생각해온 너는, 너만의 아름다움을 조용히 숨기고 자라왔을 뿐이라고. 당신 눈에는 분명 보인다고. 당신 손으로 잎을 걷어내고 밝은 빛 속에 나를 드러내주고 싶다고 했다.

아이가 되어도 괜찮습니다

"내가 이렇게 칭얼거리는 사람이 될 줄은 몰랐어. 부모로부터 떠나와서 늘 혼자서도 잘 지내려고 애써왔어. 이제는 응석 부리지 않아도 괜찮은 어른의 삶을 조금은 살게 된 거라고 생각했는데, 당신 앞에서 아이처럼 울고 웃게 되는 내 모습이 너무 낯설어. 내 안의 나약한 아이가 죽었으면 좋겠다고 생각했던 것 같아. 모진 세상에서 살아남으려고 말이야."

"그건 네 안의 아이가 부모에게처럼 기댈 수 있는 사람이, 다시는 없을 거라고 생각했기 때문이 아닐까? 포기하고 단념해버렸던 거지, 네 속의 아이가 죽어버린 건 아니었을 거야. 나한테는 마음껏 기대도 돼. 기대해도 돼. 내 앞에선 언제나 아이가 되어도 돼."

미루나무

효창공원에서 드디어 당신과 미루나무를 보았다. 2019년 어느 여름부터, 사랑하는 사람이 생기면 보고 싶던 밤의 미루나무.

밤바람에 흔들리는 미루나무들을.
껴안고서 가만 가만, 심심한 말들을 나누며.

오늘 산책길에는 나이 든 연인을 보았다.
그들은 서로를 가볍게 안고서 바람에 흔들리는 미루나무를 가만가만 보고 있었다. 서로의 고개가 같은 곳으로 향해 있었다. 그 끝에는 바람에 흔들리는 미루나무가 있었다. 낮의 열기가 식은 바람 부는 밤, 함께 미루나무를 보는 시간. 그걸 사랑의 다른 이름이라 말하고 싶다. _2019년 7월 6일의 메모

───° 꽉

나는 한 번 울기 시작하면, 오래 멈추질 못하지.

나는 한 번 웃기 시작하면, 오래 멈추질 못하지.

내가 너무 울거나 너무 웃어서 과호흡이 오려고 할 때,
당신은 나를 옆에 앉히고 두 팔로 꽉 껴안지.

두 팔은 포근하고 따뜻한 감옥처럼 나를 가둬.

당신은 아무 말도 하지 않고, 그렇게 나를 꼭 안고 다독
이네.

그렇게 당신 속에 가두어질 때, 나는 비로소 숨을 가눌
수 있어. 그렇게 죽도록 울지 않아도, 그렇게 죽도록 웃지
않아도 괜찮다고, 스스로를 다독이게 돼.

불안과 평안

두 번째 말다툼. 이유 없이 불안한 나에 비해 늘 평온해 보이기만 하는 애인이 갑자기 얄미워서 질투를 유발해보려 했으나 완전 K.O당한 날. 귀엽게 질투해주고 끝냈으면 좋겠는데, 절대 한 감정 한 감정 쉽게 넘기지 않는 나의 어려운 애인. 속마음 끝까지 파고 가고, 파고 가는 나의 고된 사람. 그래도 결론적으로는 듣고 싶은 말 들어서 유치찬란하게 기분이 좋다.

> "상희 네가 더 불안해한다는 이유로
> 네가 나를 더 사랑한다고 느끼고
> 절망에 빠지고,
> 그런 느낌 자체에 어떤 희열을 느끼는 거.
> 비극미에 스스로 빠져드는 거…
> 그건 클리셰 아닐까?

불안감이나 질투가 사랑의 표현이란 생각은 어디로부터 왔어? 왜 그게 네가 나를 더 사랑하는 거지?

너는 '당신은 너무 평온해 보인다'고 말하지만

나는 내가 너를 더 사랑하는 것 같은데."

낮과
밤

당신 속에서, 당신만으로 충분한 시간들.

'아무에게도 설명할 필요 없는 낮과 밤'*을, 하지만 누구에게라도 자랑하고 싶은 낮과 밤을 보내고 있다.

"29년 살아오는 동안 힘든 일이 많았어?"

**"응, 어려운 일도 좋은 일도 있었지.
그런데 지금이 제일 행복해."**

"지금이 제일 행복해?"

---

* 〈일간 이슬아 초여름호 인터뷰〉 '유진목×이슬아 편'에서 이슬아 작가의 말.

"응."

"나도 지난 36년간 살아오길 잘했다는 생각이 드네, 너를 만나서."

수박
기념일

당신과 함께 있으면 나는 매일 기념일을 만들게 돼. 오늘은 함께 여름의 첫 수박을 자른 날. 우리는 선풍기를 틀어놓고 젖은 머리칼을 말리며 수박의 속살에 입술을 대었지. 늘 먹던 수박인데도 당신 눈을 보며 과즙을 삼켰더니 이상하게 야릇한 기분이 되었어.

수박을 잘라 다정하게 웃으며 내 입에 넣어주는 당신, 오후의 볕을 받아 빛나는 수박 조각이, 내 작은 입안으로 천천히 들어오던 시간. 누군가 내게 스물아홉 살 여름에는 무엇을 했어요, 물어보면 사랑하는 사람과 수박을 나누어 먹었어요, 하고 답하려고 해. 있잖아, 나는, 내가 이런 시간을 통과할 수 있을 줄은 몰랐어. 이런 다정함, 이런 안정감, 이런 달콤함이 스물아홉 살의 여름에 나를 기다리고 있을 줄은 몰랐어.

그래서 매일이 거짓말 같아. 거짓말 같은 당신의 존재. 물거품처럼 사라져버릴 것만 같은 대전에서의 시간들. 나는 자꾸만 당신의 팔을 어루만져 보게 돼. 정말 이 사람이 여기에 있구나, 이렇게 단단하게 있구나, 감각하고 싶어서 말이야. 눈으로 보고 있어도 믿기지 않는, 그런 행복도 세상에는 있구나.

당신과 누워 가만히 서로의 눈을 보고 있으면, 자주 그런 생각이 들어. 내일 출근도 안 하고 이렇게 안고만 있었음 좋겠다, 서울살이를 다 접고 당신하고 이렇게 살붙이고 있고만 싶다고. 하지만 당신이 그런 말을 했었잖아. 나는 늘 내가 하는 일에서 의미를 찾고 싶어 하는 사람 같다고, 걸어온 자리를 돌아보며 앞으로 나아가려는 사람 같다고.

내가 스스로 뿌리내리지 않고 당신이란 큰 나무 곁에 그저 기대어만 산다면, 나는 아마도 스스로를 좋아할 수 없게 되겠지. 그런 나를 당신도 여전히 사랑하게 될까? 이 질문은 불안이나 비관이 아니야. 나는 다만 더 나은 사람으로 당신과 함께하고 싶어. 그래서 내가 하는 일에 더 열심히려 해. 읽고 쓰는 일도 게을리하지 않을 거야. 당신 안에서 얻은 안정과 에너지를 꼭 다른 이들에게도 나눠주는 사람이 되고 싶어. 당신이 좋은 만큼, 더욱더 행복에 취해 주저앉지 않아야겠다 싶어.

내가 더 나은 사람이 될 수 있도록, 여기 그렇게 있어줘서 고마워. 나의 나무, 나의 사람아.

빨래방
기념일

영화 〈한강에게〉에선 연인인 '진아'와 '길우'가 빨래방에 가는 장면이 등장한다. 둘의 속옷이 빨래통 속에서 섞여 돌아가는 시간, 세탁조에 작게 앉은 무지개를 보며 미소짓는 둘. 나는 생활이 섞이는 그 장면이 오래도록 부러웠다. 빨래방에 가자며 당신을 졸랐다. 서로의 옷을 한데 넣고, 도란도란 이야기를 하며 빨래가 다 되기를 기다렸다. 그렇게 당신과 나만 아는 장면이 하나 더 추가되었다.

〈한강에게〉 속 연인 '진아'는 어느 날 사고로 '길우'를 잃고, 그와의 소소한 추억들을 되새기며 산다. 비 오던 여름, 볶음밥을 해 먹으려다 "맞다, 빨래!" 놀라 옥상의 이불을 걷어오던 일. 집에서 머리를 염색해줄 때 "흰머리가 있네, 검은 머리 내가 사줄게, 주문해~" 건네던 싱거운 농담들, 매일 밤 가슴께를 가볍게 짓누르던, 싫지 않은 머리 무게 같은 것들.

자잘한 추억들은 끝없이 밀려들어 와 진아가 길우을 얼마나 사랑했는지를 증명한다. 누군가를 깊이 사랑한다는 것은 그 사람과의 가장 사소한 추억을, 별것 아닌 습관을 가장 많이 알고 있다는 뜻일지도 모르겠다.

걷고
싶다

내가 감정의 밑바닥을 다 보여도 그것도 너 자신이니 괜찮다는 당신. 목이 쉬도록 울었으니 시원하겠다 잘했다는 당신. 사랑하는 사람이니까 기대하고, 그 기대가 채워지지 않으면 무시로 섭섭한 게 당연하다는 당신. 이런 내 모습에 당신이 질려버릴까 겁난다는 내게, 어떻게 사랑 앞에 떼쓰지 않고 어엿한 어른의 모습으로 멀쩡하게 있을 수 있겠냐 되묻는 당신. 모든 마음을 다해 자신에게 뛰어들어줘서 고맙다는 당신. 당신, 당신, 우는 나를 품어주는 당신아. 당신 하나만 있으면, 당신 손잡고 걸으면, 나는 더는 아무것도 필요하지가 않아.*

---

* 추신. 조용필 노래 <걷고 싶다>를 들으며 읽어보세요.

밀실에서

글을 쓰지 않아도 좋을 나날들이 흘러간다. 슬픈 음악을 찾아 듣지 않는 나날들이, 새로 나온 영화를 기웃거리지 않는 날들이. 당신 전화에 깨어나고 당신 목소리 들으며 칭얼거리다 잠드는 하루하루. 매일매일 온도 변화 없이 따스한 당신의 마음과 기복 없는 태도, 그것이 내게 크게 안정감을 준다.

이렇게 충실한 행복, 손에 쥐어지는 사랑, '꽃들 사이에서 웃다 보면 알 수 있는 사랑'*을 품게 된다면 반드시, 이 세계 속에서 혼자만 웃지 않겠다고 기도했었다. 행복해진 만큼 타인들의 행복에도 보탬이 되겠다고, 당신이 오기 전

---

* 허수경 에세이 『가기 전에 쓰는 글들』(난다, 2019.)에서 인용.

신께 기도했었는데, 지키지 못하고 있다. 밀실에서, 나만 아
는 행복들만이 쌓여 간다.

"우리는 분수가 터지고 밝은 햇빛 아래 뭇 꽃이 피고 영웅과
신들의 동상으로 치장이 된 광장에서 바다처럼 우람한 합창
에 한몫 끼기를 원하며 그와 똑같은 진실로 개인의 일기장과
저녁에 벗어놓은 채 새벽에 잊고 간 애인의 장갑이 얹힌 침대
에 걸터앉아 광장을 잊어버릴 수 있는 시간을 원한다." (최인
훈)*

---

* 최인훈 소설 『광장/구운몽』(문학과지성사, 2014.)에서 인용.

여름의
한가운데

오랜만에 뭔가를 끄적인다. 연애를 시작한 지도 석 달이 되어가고, 무언가 곱씹을 새도 없이 당신과 나 사이에 솟았다가 녹아버린 감정들을 많이도 흘려보냈다. 글이 되지 못한 수많은 순간들. 그것들이 시간에 떠내려가는 것을 따뜻한 당신의 품 안에서 가만히 보고만 있었다.

나는 '쓰는 사람'으로 살고 싶다고 생각했는데, 뭔가 보고 읽고 쓰면서 나 자신이 된다고 생각했는데, 그게 아니었는지도 모르겠다. 당신이 등장한 뒤로 나는 그저 사랑에 푹 담궈진 사람, 사랑하는 바보가 되었다. 그래서 그럼 안 되나? 쓰지 않는다고 누가 비난하기라도 하나? 내 속의 누군가가 비난하고 있지, 그런 생각들이 들어, 글이 되지 못한 메모들이라도 매일 남겨두기로 한다.

휴가 중에 당신과 경주에 갔다. 몇 년 전 출간한 에세이 집에서 나는 사랑하는 이가 생기면 '경주 풀섶에 누워, 밤별을 보며' 이야기하고 싶다고 썼다. 아직 누군지 모를 당신이, 많이 아파본 사람이라 타인의 아픔을 이해하는 사람이면 좋겠다고도, 흉터가 된 이야기들을 내게 들려주었으면 좋겠다고 썼었다. 그래서 선택한 첫 여행지, 경주.

날이 흐려 별은 못 보았지만 당신은 내게 몹시 아팠던 이야기를 해주었다. 말 그대로 몸이, 장이 몹시 안 좋아 고등학교 2학년 때 반년은 병원에서 보냈다고. 죽을병은 아니지만 완치도 없는 병. 휴식기가 있어 언제 다시 아플지 알수 없는, 평생 약을 먹으며 염증을 다스려야 하는 병이랬다. 농담처럼 당신은 내게, 자신은 아픈 사람이니 도망가려면 지금 가라고 말했다. 정 다 들여놓고 이제야 말해주면 반칙이라고 나는 그냥 웃고 말았지.

배우자가 아플 수도 있고, 혹시라도 유전되면 아이가 아플 수도 있다는 선택지가 갑자기 내 눈앞에 닥쳤다. 막연히 행복하기만 할 것 같았던 함께하는 삶에 대한 상상을 넘어, '그럼에도 불구하고' 이 사람을 선택할 수 있을지에 대해 고민했던 여행이었다. 내 마음은 '그럼에도 불구하고, 그래'라고 답했지만, 삶은 길고 지난한 것이니까 실은 자신은 없다.

여행 중 한적한 감포 바다 근처에 숙소를 잡은 어느 날, 밤중에 갑자기 온몸에 두드러기가 올라와 다시 잠들 수가 없었다. 낯선 곳에서 더 낯선 응급실을 찾기는 무서웠기에 일단 항히스타민제를 먹어야겠다 싶었다. 당신은 나를 차에 태우고 이곳저곳을 한 시간 넘게 달렸지만 그 시간에 문을 연 약국이, 열었다 해도 맞는 약을 파는 곳이 없었다. 우리는 포항까지 갔고, 막 문을 닫으려 나와 계시던 약사님을 발견해 겨우 약을 구했다.

내가 부러 택한 한적한 숙소가 아니라 큰 도시에서였다면 24시간 문을 여는 약국을 쉽게 찾았을 텐데, 미안스럽고 내 몸은 왜 여행까지 와서 탈이 났나 속상하고… 그런 마음을 이야기했다. 당신은 나중에 돌아보면 다 추억이 될 에피소드라며, 아픈 건 누군가에게 미안할 일이 아니라며 그저 웃어주었다.

이 사람 앞에서는 마음 놓고 아파도 되겠구나, 몸이든 마음이든 숨기지 않아도 되겠구나, 그런 생각들을 했다. 이 사람 손을 놓지 않겠다고 마음먹었다. 우리는 아직 한 계절도 함께 넘지 못했지만, 내일 하루조차 알 수 없는 게 삶이지만, '그럼에도 불구하고.'

새근새근

밤공기가 달다. 달게 영글어 곧 가을이 될 바람 속을 대전에서 올라온 당신 손을 잡고 걸었다. 걷는 길에 발견한 조명이 은은한 식당에서 바삭하고 짭조름한 튀김 소바에 맥주 한 잔씩을 했고, 다시 숲길에서 집까지 걸어왔다. 지금은 먼저 곤히 잠든 당신 숨소리를 들으며 이 밤의 여운을 혼자 누리는 중.

새근새근,
내가 찾던 온 세상이 내 곁에서 잠들어 있다.

함께
나이 들어가자

기차에 타기 직전, 우리가 헤어지기 1분 전. 문 앞에서 당신은 늘 나를 꽈악 안아준다. 숨이 막히도록, 두 갈비뼈가 맞닿을 듯이, 당신은 나를 그렇게 꽉 이 삶에 붙들어 매어준다.

휴일 내내 당신이 있는 대전에서 쉬었다. 함께 〈와이 우먼 킬〉을 보면서 실컷 악역들을 욕했고, 예술이 어떻게 사람을 구원하는지에 대한 영화(〈바베트의 만찬〉)를 보기도 했다. 영화관에서야 그럴 수 없지만, 우리는 영화를 보면서 서로 실컷 떠드는 편인데, 웃는 지점도, 초조해지는 지점도 비슷하다. '저 사람 표정을 보니 이러이러한 것 같아.'라든지 '앞으로 이렇게 될 것 같지 않아?'라든지 하는 말들을 마구 던지고 받으면서 영화를 봤다.

지난 사흘간 우리가 한 일이라곤 영상을 몇 편 본 것, 밥을 먹은 것, 손잡고 걸은 것, 눈을 보며 잠든 것 말고는 없는데 시간이 스륵 녹아버리고 말았다. 당신과 함께 늙어가도 좋겠다는 생각을 하며, 서울행 열차 안에서 씀.

등

당신이 내 눈앞에서 사라질 때. 둘만의 시간이 안개처럼 흩어지고 이제 당신은 당신의 자리로, 나는 내일의 출근을 준비하려 이별할 때. 나는 당신의 등을 본다. 눈꼬리를 크게 휘며 웃고는, 손을 흔드는 당신. 몇 번이나 돌아보지만 결국엔 바쁜 걸음을 내딛는 당신의 등. 다음 주면 다시 만날 것을 알면서도 나는 어쩐지 그 등이 당신의 마지막 흔적일 것만 같아, 달려가 목을 껴안고만 싶어진다. 못 견디게 사랑하는 것을 가진 뒤에는, 그것을 잃을까 봐 전전긍긍하게 된다는 것을, 가지지 못했을 때는 알지 못했다. 가지고만 싶었는데, 그곳이 끝인 줄만 알았는데.

가을

살면서 처음으로 가을을 잘 느끼지 못하고 있다.

가을이 몰고 오는 애상, 그리움, 옛 생각들, 서늘해지는 목덜미 같은 것들을 다 잃었다.

계절을 느끼던 예민함이 당신으로 인해 누그러들어서. 마음의 빈 구멍으로 서늘한 바람이 드나들곤 했는데, 그곳도 이제는 당신으로 가득 차버려서.

늘 외로움이 그칠 날만을 기다렸으면서,
이제는 그 서늘한 바람이 그리워지는 건 참 우습지.
사랑을 하면 특별해질 줄 알았는데,
나는 비로소 보통의 존재가 된 것 같다.

3부
/
함께, 삶은 이어진다

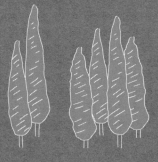

보리차

"난 네 앞에 서면

행복한 마음만큼 무서웠어"

_천용성의 노래 <보리차>

날들이 간다. 당신과 나의 날들이. 이제는 블로그에 무엇을 써도 '사랑' 카테고리가 아니라 '하루' 카테고리에 넣어야 하는 게 아닌가, 한다. 이제는 당신이 곧 내 일상이다. 아직도 나는 '흠과 실수를 다 알게 할까 봐' 들키고 싶지 않단 마음으로 당신 눈동자를 들여다보게 되지만, 이전의 날들처럼 자고 나면 당신이 안개처럼 사라져버릴까 무섭지는 않다.

울 것 같은 기분이
되지 않는다

어제는 당신과 영상통화를 하다 스르륵 잠들었다. 새벽 3시
쯤 깨었는데 코 고는 소리가 들려 돌아보니, 휴대폰 속에서
당신이 코를 골며 자고 있었다. 우리 둘 다 통화를 하다 말
고 그대로 잠들어버렸구나, 배시시 웃으며 당신의 잠든 옆
얼굴을 가만히 보았다. 이제는 내 눈에 익어버린 얼굴. 내
일도, 그 내일도 내 곁에 있을 거라 믿게 된 얼굴. 나는 이제
자다 깨어도 무섭지가 않다. 아이처럼 울 것 같은 기분이 되
지 않는다. 당신의 코 고는 소리가 있으니까, 그 소리가 나
를 지켜주니까.

따끈한
손바닥

연휴 동안 고향집에서 쉬었다. 서울의 내 작은 방으로 돌아가는 길. 부모님을 뒤로하고 떠나가는 길. 그러나 처음으로 슬프지도, 쓸쓸하지도 않다. 내일이면 당신을 볼 수 있으니까. 서울에서 1인분의 삶을 시작한 뒤로, 이런 안정감은 처음이다.

나는 여전히 프리랜서 신분이고, 아마 계속 이렇게 프로그램들을 옮기면서 살 테다. 집은 이제야 월세에서 전세로 가게 됐고, 세상이 내게 변하지 않기로 약속해준 것은 사실 아무것도 없다.

그러나 내 곁에는 당신이 있다. 당신과의 확실한 오늘이, 그 확실한 순간이 내게는 영원함에 다름 아니다. 당신과의 내일을 그려보는 것만으로, 당신의 심장 소리를, 따끈한 손바닥을 떠올려보는 것만으로 나는 포근한 안정감에 휩싸인다. 내게 '안정감'이란 사회적 혹은 물질적 상태가 아닌 것 같다. 서로를 품을 사람, 이 있다면. 그것만으로도.

악몽

부은 눈으로 출근을 했다. 어젯밤엔 당신과 사소한 말다툼을 했다. 나는 당신이 내가 묻지도 않은 것을 가르치려 한다고 생각했고, 당신은 아끼는 마음에 걱정했다고 말했다. 말과 말 사이 침묵이 길어지는 동안, 사랑을 하고 있는 마음이 얼마나 연약해져 있는지를, 침묵의 공기에도 생채기가 날 수 있다는 걸 알게 됐다.

밤에는 꿈을 꿨다. 당신이 아무런 통보 없이 사라져버렸고, 휴대폰 번호도, 카톡 프로필도 지워져 있는 악몽이었다. 나는 맨발로 울면서 당신을 찾아다녔다. 어디에도, 세상 어디에도 당신이라는 사람은 없다고 했다. 처음부터 없었다고 했다. 때마침 울린 알림이 숨막히는 꿈으로부터 나를 구해주었다. 깨자마자 당신에게 전화를 걸어서 그 존재를, 목소리를 확인했다. 눈물이 멈추질 않았다.

그저 꿈일 뿐인데도. 사랑을 한다는 게 이렇게 아이가 되는 일인 줄을, 고작 악몽 잠깐에 숨이 넘어가게 울게 되는 일인 줄을, 이전엔 몰랐다.

사랑은,
무리

이틀간 강릉 여행을 다녀왔다. 요번 여행을 하면서는 '무리'
라는 단어를 종종 떠올렸다. 꼭 바다를 보고 싶었기에 우리
형편에는 조금 '무리'인 숙소를 예약했고, 출발하기 며칠 전
부터 일이 바빠져 '무리'라는 생각에 취소할까, 하다가 다녀
왔다.

우리가 더 바빠지면 바빠졌지, 한가해질까? 하는 생각,
두 달에 한 번씩만 다녀와도 일 년에 고작 여섯 번인데 애써
보자는 생각으로. 이렇게 '한번 무리해보자.'는 다짐은 우리
프로그램 출연자였던 어머님에게서 배운 것이다. 본가에
가족들을 두고서 고향에 내려와, 98세 노모를 값비싼 캠핑
카에 모시고 전국을 여행하던 그녀.

피디가 물었다.

"너무 무리하시는 것 아니에요?"

그러자 그녀는 답한다.
"무리했죠. 제 생활에서 엄마 곁에 내려온 것 자체도 무리고, 캠핑카 산 것도 무리고요.
그런데 그냥 얻어지는 건 없어요.
무리를 해야 해요."

그때 나는 띵— 하고 충격을 받았더랬다. '별로 무리 아니에요' 같은 인사치레를 하실 거라 생각했는데, 그녀는 분명하게 그것은 '무리'라고 말했다. 무리하지 않고 그냥 얻어지는 건 세상에 없더라고. 요즘 힘들다는 생각, 포기하고 싶다는 생각이 들면 이 말을 자주 생각한다. 그녀의 말처럼, 과연 이번 여행도 행복했다. 앞으로 함께 지내면서 지치고 짜증이 날 때마다 다시 꺼내볼 만한, 그런 추억을 남겼다.

'무리'한 덕분으로.

우리가
크게 싸운 날

드라마 〈이 구역의 미친 X〉 1회를 보기 시작한 때였다. 여주인공은 모르는 남성이 밤길에 자신을 뒤따라온다든지, 해코지할 것이라는 망상에 사로잡혀 있는 캐릭터다. 여성인 나는 '그녀의 망상은 이 사회의 여성 혐오 때문'이라고 내 생각을 말했고, 남성인 당신은 '그렇게 의심하고 두려워하며 사는 건 모든 남성을 잠재적 범죄자로 모는 게 아니냐'고 질문했다. 숨이 턱 막혔다.

나는 기나긴 여성 혐오의 역사를 말하며 당신을 설득해보려 했다. 그것은 강남역 살인 사건, 지금도 일어나고 있을 '교제 살인'과 같이 한국 여성들 다수가 공감하는 경험에서 오는 두려움이라고. 언제라도 내가 그 피해자가 될 수 있다는 공통된 두려움. 남성으로 살아온 당신은 선뜻 이해하지 못했다. 왜 여기서 말이 안 통하지? 답답했다. 당신은 흔히 여성의 일로 여겨지는 설거지며 청소, 요리 등 가사노동을 도맡아 하는 남자인데. 내가 원하지 않는다면 아이는 없어도 괜찮고, 함께 낳기로 결정한다면 어떤 성별이든 상관없다는 남자인데. '누구나 입고 싶은 대로 입으면 되지, 너는 있는 그대로 아름다워' 말하는 남자인데. 이런저런 이유들로 나는 당신이 페미니즘에 깊은 관심이 있고, 여성의 입장을 이해하고 있다고 내 마음대로 생각하고 있었다.

당신은 그저 나라는 '존재'를 사랑하기 때문에 배려심에서 위와 같은 행동들을 해온 것이지, '여성'들 자체의 꾸밈노동, 가사노동, 육아노동 등 여성이 처한 현실에 공감해서, 혹은 여성 혐오에 반대해서 그렇게 해온 것이 아니었다. 그러니 당신 입장에서 여자인 나를 사랑하는 일과, 이 땅의 다른 여자들이 불법 촬영이나 성희롱 등의 범죄에 언제든 노출될 수 있다는 것을 인정하고, 문제를 바꾸는 일에 관심 가지는 일은 전혀 다른 일이었다. 뒤통수를 맞은 듯했다. '내가 사랑하기로 선택한 사람이 사실은 페미니스트가 아니었다니! 혹시 이 사람이 여성 혐오자일까 봐 무서워서 이 주제에 대해 깊이 대화해보지 않았던 내 두려움 탓이구나.'

지금에서야 정리된 생각들을 써 내려갈 수 있게 됐지

만, 당시의 나는 충격에 사로잡혀 "잠재적 범죄자로 몬다고? 어떻게 내 마음을 이렇게 이해를 못해!" 소리를 빽 질렀다. 당황한 당신은 차갑게 굳어만 갔다. 30분쯤 침묵이 이어졌다. 30년 같은 시간이었다. 이대로 당신이 집 밖으로 나가버리면, 우리는 영원히 끝날 것만 같은 두려움에 사로잡혔다. 하지만 이 싸움 하나로 헤어질 수는 없었다. 그동안 함께해온 시간, 성격의 다름을 충분히 말하고 들으며 조금씩 서로를 공부해온 그간의 시간들이 아까웠다. 이번에도 서로를 완전히 이해할 수는 없더라도, 노력은 해봐야만 했다.

다음 날 당신에게 여성을 이해할 수 있을 책 두어 권을 선물했다. 당신은 천천히 책을 읽어나가고 있다. 그동안 알려고도 하지 못했던 세계 앞에서 오랜 시간을 들여 그 문을 두드리고 있는 중이다. 그 책들 중 『이만하면 괜찮은 남자는 없습니다』를 읽던 당신이, 얼마 전 이렇게 말했다. "⟨이 구역의 미친 X⟩ 여주인공의 두려움 있잖아, 그거 사실 우리 어머니도 겪으신 거였더라. 이 책 읽으면서 생각났는데, 나랑 아빠가 꽃 배달하러 화원을 오래 비우면, 엄마는 늘 혼자 있을 때 남자 손님이 올까 봐 무서워하셨어. 그런데 나는 한 번도 가게에 혼자 있는 게 무서운 적이 없거든. 아, 이런 차이구나, 싶었어."

당신은 여자인 내가 될 수 없고, 나는 남자인 당신이 될 수 없지만. 자기 자신이 아니라는 이유로 이해를 포기했다면 이 땅에는 혐오만 남았을 거다. 그러니 우리는 노력할 것이다. 당신은 여성들의 목소리가 담긴 책과 기사를 읽고, 다른 세계를 이해하려 애쓰면서. 나는 당신 개인에게 소리를 빽 지르는 대신, '남성'이 페미니즘에 관심 갖지 않아도 무리 없이 살아갈 수 있는 이 사회를 어떻게 조금이라도 바꿀 수 있을지 질문하면서.

우리는
서로를 모르고

당신이 말했다.

"'가을 타는 기분'이라는 게 뭔지 나는 잘 모르겠어."

내가 답했다.

"조금 슬프고 까닭 모르게 무기력해지는 것?

마음이 추운 것? 싱숭생숭해져."

나는 그 기분을 모르는 당신이란 존재로 단 하루라도 살아보고 싶어졌다. 그건 어떤 상태일까? 계절의 경계마다 기복 없는 마음을 가지는 건. 나는 이 노래가 가을 같다고 느꼈어, 하곤 주윤하의 〈같이 있자〉를 들려주었다. 당신은 선뜻 알겠다고 말하지 않았다.

당신은 나일 수 없고, 나는 당신일 수 없다. 그러나 영원히 알 수 없을 공간을 품고서도, 사랑은 지속될 수 있다고 믿는다. 차가워진 밤공기에 뒤척이다 들은 노래 한 곡에 밤을 새우고 마는 여자와, 매일 같은 시간에 쉽게 잠들고 일어나는 남자가 내일을 함께하기로 약속한다. 모르고서도, 아니 모르기에. 알고 싶다는 갈망으로. 서로의 마음에 가닿고 싶어서.

방 청소

어제는 요즘 무기력한 나 대신 당신이 하루 묵으며 방을 치워줬다. 내가 출근해 있는 동안 당신은 내 물건들의 배치를 바꾸고 옷들을 정리하고 쌓인 설거지를 해치우고 묵은 쓰레기들을 버렸다. 당신 앞에서 처음 벌거벗었을 때보다 훨씬 더 부끄러운 일. 살아온 생활을, 아무렇게나 던져둔 순간들과 필요도 없으면서 사들인 욕망들을 당신이 모두 목도했다. 당신이라서, 당신이라서 나는 그 일들을 허락했다. 헤집어진 방을, 어질러진 마음을 당신이 쓸고 닦고 매만진다.

환해진다.

200일을 앞두고,
당신에게

11월도 벌써 열흘밖엔 남지 않았네. 봄에 당신을 만난 이후론 시간이 빨리도 흘러. '두 밤만 자고 나면, 오늘만 지나면, 당신이 서울에 온다.'는 기다림의 마음으로 매일을 살기 때문일까.

혹은 저녁 메뉴로 새로운 걸 골라봤는데 맛이 없어 속상했다든지, 오랜만에 새로운 사람들을 만났는데 할 말이 좀처럼 없어 식은땀을 뺐다는 말이라든지… 별것도 아닌 이야기들을 재잘거리느라 퇴근 후에 늘 휴대폰에 붙어 있기 때문일까.

내 글을 가장 먼저 읽고 좋아해주는 당신, 내가 앞으로 어떤 일을 하더라도 네가 그것을 택한 이유가 있을 테니 응원한다는 당신을 믿고서, 새로운 도전 속에 분주한 날들을 보내서일까.

지금은 떨어져 있는 당신과 함께 사는 내일을, 아빠와 엄마로 불리게 될 언젠가를 하루빨리 맞고 싶어 마음이 미래에 가 있기 때문일까.

당신을 만나기 전엔 적막에 깔려 숨이 막힐 듯한 날들이 있었어. 지금은 휴대폰 영상통화 너머로 잠든 당신의 숨소리를 가만, 가만 듣고 있어. 언젠가 당신이 내게, 방귀 소리도 코 고는 소리도 귀엽기만 하다고 말했잖아. 그땐 그 말이 민망해서 웃어넘겼는데, 나도 그래. 등을 벅벅 긁는 소리도, 면을 후룩 먹는 소리도, 다 밉지 않아. 내 적막을 채워주는 당신의 소리. 이 넘치는 시간 속에 내가 익사하지 않게끔, 나를 이 생에 발 딛게 해주는 당신의 소리들이니까.

오늘도 허리 굽혀 남의 마당에 꽃을 심어주고는 고단해 단잠에 든 당신아. 늘 새벽이면 일어나 푸른 것들에 물을 주고, 그 낯들을 살피는 살뜰한 내 사랑아. 막 들이치는 잠결에 휩쓸리면서도, 웅얼거리며 당신은 고백을 하네. 나도 언제나 같은 마음이라 말해주고 싶어.

"너를 발견해서 다행이다."

승강장,
어묵 한 개

대전에서 주말을 보내고, 월요일 아침마다 서울로 출근한다. 거의 매번, 일요일 저녁쯤에 올라가는 열차를 예매했다가, 시간이 다가오면 당신 품을 떠나기가 아쉬워 취소해버리기 일쑤. 월요일 이른 시간에 열차를 재예매 해두고, 같이 보고 싶은 영화를 보며 마구잡이로 떠들다가 당신을 안고 잠에 드는 일요일 밤. 나는 있는 힘껏 당신 품을 파고 들어본다. 이 밤이 지나고 나면 나는 다시 차가운 도시로, 밥 벌어 먹고사는 현실로 돌아가야만 하니까.

서울에 일찍 갔더라면 조금 더 잘 수 있었을 아침, 힘겹게 눈꺼풀을 떼고 비몽사몽 세수를 하고, 나보다 먼저 일어난 당신이 사다 준 김밥이나 샌드위치를 입에 물고서 옆자리에 탄다. 당신은 최대한 빠르게, 하지만 최대한 안전하게, 세상에 둘도 없는 나만의 기사가 되어주고, 그렇게 시간이

목까지 차오를 때쯤 대전역 도착.

　　12월 들어 가장 추웠던 오늘, 열차가 출발하기 달랑 5분 전이었는데도 당신은 역사에서 어묵 한 개와 국물 한 컵을 재빨리 사 들고 나왔다. 우리는 한겨울의 승강장에 서서 그것을 나눠 먹었지. 사람이 없는 구석을 찾아 김을 풀풀 내뿜으면서. 당신 한 입, 나 한 입, 마지막 한 모금의 어묵 국물을 입안에 털어 넣고—앗, 뜨거—따듯한 당신을 한번 꼭 끌어안고—나는 열차에 탔다. 잊을 수 없을 겨울의 맛이었다.

낙엽조차
조심하면서

당신을 만나고 난 뒤로 걱정이 많아졌다. 원래도 천하태평한 성격은 아니었지만, 지켜야 할 것이 생겼기에 그것을 잃을까 봐 너무 두려운 것이겠지. 당신이 대전역에서 기다리는 나를 데리러 차를 운전해 올 때, 5분이라도 약속했던 시간이 지나면 나는 혹시나 차 사고가 났을까, 하는 기우에 어김없이 전화를 걸게 된다.

당신이 머리가 아프다고만 해도 마음이 철렁하고, 배가 아프다고 하면 혹시 10대 때 앓았던 장궤양이 재발한 건 아닐까, 무거운 화분을 자주 드는 탓에 허리가 아프다 하는 날엔 디스크로 쓰러지는 건 아닐까 걱정을 하게 되는 나. 사랑이 나를 건강염려증을 가진 사람으로 만들어버렸다.

이런 내 걱정은 늘 낙천적이던 당신에게도 옮아갔는지,

어느 날 내가 전화 끝에 "안녕!"이라 말하자, '안녕'은 어쩐지 작별인사 같다며 '또 만나' 같은 말로 전화를 마무리하자고 했다. 또 어느 날은 두드러기 탓에 온몸이 발갛게 되도록 긁는 나를 보다, 왈칵 울고 말았다. 다 큰 남자가, 그것도 사랑하는 사람이 우는 모습을 처음 본 나는 몹시도 당황했다. 당신은 혹시 큰 병은 아닐까, 당신과의 연애가 나에게 스트레스를 주고 있는 건지, 그래서 내가 더 가려워하는 건 아닌지 싶어 미안함에 눈물이 났다 했다.

손가락이 종이에 베여도 나를 위해 눈썹을 찌푸려줄 사람이 있다는 것, 그 사실이 나를 살게 한다. 당신을 생각하며 오늘도 걷는다. 혹여 다칠까 낙엽조차 조심하면서, 그러나 씩씩하게. 당신이 갑자기 아프게 되는 일이 생기더라도, 크게 놀라지 않으리라 다짐하면서.

당신의 염통구이와
나의 콘서트 후드티

당신과 어느 날 닭꼬치 가게 앞을 지날 때였다. 당신은 처음 제 손으로 돈을 벌었을 때 염통구이를 잔뜩 사다가 배 터지게 먹었다 했다. 지금도 좋아하기는 하지만 그때 너무 많이 먹은 탓에 조금은 질려버렸다는 염통구이. 당신은 초등학생 때 용돈을 두둑이 받던 친구 하나가 양손에 쥐고 먹었던 염통구이 이야기를 해줬다. 그 친구는 방과 후 염통구이를 수십 개 사서는, 주위 친구들에게 자기 마음 가는 대로 누군가에겐 하나를 주기도, 몇 개씩을 주기도 했다고 한다. 그때 당신은 한 꼬치를 받았고 마음이 상했지만 그것을 먹었다. 그때 어린 당신의 주머니에는 염통구이를 마음껏 사 먹을 돈이 없었다고 했다.

나는 당신 손을 꼭 잡고 중학교 때 갔던 이적의 콘서트 후드티 이야기를 답가로 들려줬다. 중학생 때 나는 가수 이적의 팬이었고, 우리 집 형편은 내가 방과 후에 아르바이트를 해야 하거나 할 만큼 어렵지는 않았지만, 당시 십만 원이 넘었던 콘서트에 보내달라고 쉽게 말할 수 있을 정도는 또 아니었다. 용기 내어 아버지에게 말했더니 나를 콘서트장에 데려다주셨는데, 아버지 당신은 안 봐도 괜찮다며 공연 러닝타임 두 시간 내내 홀에서 혼자 기다리셨다. 사실 나는 콘서트장에서 팔던 기념품 후드티도 너무나 가지고 싶었지만…… 그 말은 차마 못 했다. 가격은 3만 원. 파란색에, 기타 치는 이적의 얼굴이 드로잉된 디자인. 어른이 된 후에도 그 후드티는 내 꿈에 나오곤 했다. (한정판 기념품이었는지 어디에서도 찾을 수 없었다.)

당신의 염통구이와 나의 콘서트 후드티 덕에, 우리는 서로의 어린 시절에 난 작은 구멍을 통해서 서로를 더 깊게 바라봤던 것 같다. 나는 당신도 나처럼 결핍을 겪은 사람인 게 좋았다. 우리 각자의 부모는 언제나 최선을 다해 일했지만 우리에게 무엇이든 사줄 수 있는 처지가 못 되었고, 그것은 그들의 잘못이 아니었다. 우리는 때때로 간절히 바라는 것들을 손에 넣지 못하며 살아왔지만, 그래서 당신은 결핍을 알았다.

당신은 누군가 최선을 다해도 실패할 수도 있다는 것을 알았고, 나는 그게 좋았다. 나는 결핍을 아는 아이는 누군가에게 함부로 손가락질하지 않는 어른으로 자랄 수 있다고, 내가 배고파봤기에 배고픈 사람에게 밥을 나눠줄 수 있는 사람이 된다고 믿는다.

서른에 (잠시)
백수가 된 이야기

해의 마지막 날. 〈인간극장〉 제작사에서의 취재(막내)작가를 끝으로 서브 작가가 된 지 한 주 만에 일을 그만뒀다. 맡게 된 건 맛집 프로그램이었는데, 3일 만에 구체적인 조건에 맞는 식당을 찾고, 섭외하고, 다시 이틀 만에 원고를 써야 했다. 내가 감당할 수 있는 일도, 하고 싶은 일도 아니었다. 나는 사람의 이야기를 듣고 싶었던 거지, 정보성 방송을 전달하는 사람으로 살고 싶었던 건 아니라는 생각이 들었다. 물론 몇 년만 버티며 내공을 쌓다가 다른 프로그램으로 이동하면 그만이라지만, 단 하루도 덜 행복하고 싶지가 않았다. 당신을 만난 후로는 하루하루가, 한 시간 한 시간이 다 아깝고 소중했으니까. 그래서 홀가분하게 그만뒀다. 그토록 원했던 입봉*이었는데, 서른을 백수로 맞게 될 줄이야.

---

* 피디나 구성작가 등이 보조가 아닌 책임자로서 첫 프로그램을 만드는 일.

그래도 당신이 있으니까, 너는 다시 무엇이든 될 수 있다는 당신이 있으니. 일단 뭐라도 먹고 다시 찾아보자며 찬 기운을 뚫고 타코야끼를 사오는 당신이 있어서 나는 괜찮다. 다시 일을 구하기 전까지, 직장인이 될지 프리랜서가 될지, 농사꾼이 될지, 당신이랑 식물을 키우게 될지 모르겠지만 잠시 백수로 살면서 여행을 가고 글을 쓰고 싶다.

다음 날인 새해 첫날. 백수 첫날. 여행 적금을 깨서 당신과 일주일간 여행을 떠나기로 했다. 첫 여행지는 지리산. 산속 깊은 민박집에 묵을 거라 짐을 간소하게 챙겼다. 백팩에 세면도구와 로션, 소설책 한 권, 필기구, 속옷, 조끼, 후드티, 당신이 선물해준 츄리닝(운동복보다는 츄리닝이 주는 어감이 있다).

화원에서 일하며 늘 편하게 옷을 입는 당신을 만나기 전에, 내게 츄리닝은 백수 혹은 준비생들의 상징이었다. 나는 재수학원에 다닐 때에도 꼭 청바지나 면바지를 깔끔하게 챙겨 입었더랬다. 사람들이 나를 할 일 없는 사람, 혹은 무능력한 사람으로 볼까 봐 겁이 났다. 잠시 일이 없으면 어떻고, 출근할 장소가 없으면 또 어떻다고. 능력지상주의 사회의 색안경을 끼고서 평일 낮에 츄리닝 차림으로 돌아다

니는 사람들을 바라봤었다. 번듯해 보이는, 정장은 아니라
도 직장인 같아 보이는 옷들을 사들였었다.

　여행 짐을 간소히 챙겨 나오니까, 집에는 옷가지들이 차
고 넘치지만 막상 살아가는 데에는 그다지 많은 것들이 필
요하지 않겠다는 생각이 들었다. 예전에는 월급생활이 끝나
면, 모아놓은 재산이 없는 나의 인생은 끝나는 거라는 생각
을 했다. 이제부터 몇 달간은, 내 인생이 어떻게 흘러가는지
지켜보고 싶다. 무슨무슨 방송국에 다니지 않는 내가, 방송
작가라는 직함이 없어진 내가, 월급이 사라진 내가, 정말로
불행해질지. 혹은 다른 방식을 찾아 살아갈 수 있을지를.

당신의 부모님을
만난 날

처음으로 당신의 부모님을 뵙기로 한 날이었다. 나는 평소에 하지 않는 피부화장을 하고, 화사하고 밝아 보이도록 립스틱을 조금 칠했다. 정장은 없었으므로 최대한 단정해 보이는 원피스를 입었다.

오리탕집에서 편하게 점심을 먹기로 했다. 부모님은 주말마다 대전에 내려와서 머물다가는 여자애가 도대체 어떻게 생겼는지, 결혼할 나이의 귀한 아들 마음에 장난치다 떠날 사람은 아닌지 궁금하셨을 것이었다. 나는 나대로 걱정이 쌓여 있었다. 최대한 부모님 몰래 있다가 간다고 했지만 하루나 이틀씩 묵고 가는 처지였다. '아직 식도 올리지 않은 과년한 처자가' 부끄러운 일이라고 생각하시면 어쩌지, 긴장한 나머지 식은땀이 나 허리께가 푹 젖었다.

아버님은 호인이었다. 이마에 '허허허'라고 적혀 있었다. 아들이 아직 확실히 자리 잡지를 못한 상태임을 걱정하시기에, 저도 결혼하면 같이 열심히 벌면 된다고 싹싹하게 대답했다. 그렇게 생각한다니 그럼 됐다고 말씀하셨다. 일단 이쪽은(아버님) 한숨 났군, 생각하고 어머님과 눈을 맞추려고…… 했는데.

어머님 쪽은 난공불락의 요새처럼 보였다. 도무지 내 눈을 맞춰주질 않으시는 것이다(!). 낯을 가리시는 건지, 내가 마음에 안 차시는 건지 알 수 없었다. 오리고기를 씹는데 종이를 씹는 것 같았다. 이제 둘 다 자립한 성인이고, 부모님이 마음에 들어 하지 않는다고 해서 안 만날 건 아니지만. 이왕이면 마음 편하게 사랑받으며 시작하고 싶었는데. 물을 한잔 따라드리고, 헤어질 때 먼저 악수를 청하며 겨우 눈 마주치기에 성공했다. 그날은 결국 체하고야 말았다.

나중에 두 번, 세 번 찾아뵐수록 어머님은 눈을 마주쳐주셨고, 처음 뵀을 때보다는 다정하게 맞아주셨다. 지금에 와서는 나라도 예비 며느리를 처음 보는 자리는 쑥스럽고 민망할 거야, 고개를 끄덕이게 되었다. 어쩌면 어머님께 꿈꾸던 며느리상이 있었을지도 모르는 일이고, 그건 이상한 일이 아니다. 내가 그것에 맞지 않는다고 한들 그것 또한 내 잘못은 아니라고 생각하기로 했다. 과거의 이상보다 중요한 건 앞으로 쌓아나갈 관계일 테다. 우리가 서로 전혀 모르는 상태로, 내 이야기를 먼저 보이지 않은 채로 상대의 마음을 궁금해하는 건 게으른 일이니까. 노력 없이 처음부터 마음을 사려 했다니 내가 마음이 급했구나, 생각하게 됐다.

여전히 두 분은 많이 어렵고, 계신 곳으로 쉽게 발걸음이 향하지는 않는다. 하지만 당신을 낳고 길러주신 분들이니까, 앞으로 내가 스스로 선택해서 가족이 될 사람들이니까, 도망치지 말고 책임감을 가져보기로, 천천히 문을 두드려보기로 한다. 당신이 나를 대할 때 그랬던 것처럼.

아챠챠, 꾸꾸꾸, 와와왕

"아챠챠"는 뭔가 실수를 했을 때, "꾸꾸꾸"는 할 말은 딱히 없고 그냥 당신이 좋을 때, "와와왕"은 역시나 할 말은 딱히 없고 그냥 장난치고 싶을 때 내가 하는 말이다. 이를 편하게 '아-꾸-왕' 삼총사라고 하겠다. 나는 '아-꾸-왕'을 자주 한다. 물론 회사에서는 절대 아니고, 당신 앞에서.

나이 서른에, 독립적인 여성으로 살아가겠다며 혼자 여행을 다니고, 혼자 전구를 갈고, 혼자 밥만 잘 먹던 내가 '아-꾸-왕'이라니⋯⋯ 처음에는 이런 스스로의 모습이 너무나 당혹스러웠다. 혀가 짧아지고, 사회적 언어를 잃어버리는 것뿐만 아니라 눈물도 웃음도 거침없이 내뱉게 됐다. 누구도 아닌 당신 앞에서는.

이게 사랑을 하면 겪게 되는 일반적인 반응일까, 이렇

게 나약해져도 괜찮은 건가 걱정되는 마음에 검색을 해보니, 오은영 박사님이 모 프로그램에 나와 '정상적 퇴행'이라는 단어를 설명했다.

자신이 가장 기댈 수 있는 사람에게 마음껏 어리광을 부리고, 힘들 때 기대기도 하는 건 어린아이에게만 해당하는 일이 아니라고, 삶에서 꼭 필요한 것이라고 했다. '정상적 퇴행을 통해서 스트레스가 해소되고 정서가 안정된'는 말에 안심이 됐다. 이후로는 '아-꾸-왕' 삼총사 외에도 "와꺅꺅"(매우 즐겁다), "쒸익쒸익"(나는 지금 매우 화가 났다) 등의 단어를 개발(?)해가며 즐겁게 퇴행하고 있는 중이다.

조용하고 무표정하며 깍듯한 회사에서의 도상희가 로그오프하면, 퇴근 후 어린아이가 된 도상희가 당신 앞에 선다. 당신을 만나기 전엔 인생에 대해 깊이 있는 이야기를 나누고, 문화생활을 함께 즐기고, 생의 아픔과 고난을 함께 나누는 게 사랑하는 사람들의 일이라고 생각했다. 이제는 진지함은 곧 무거움이기도 하며, 생에는 산뜻함이 필요하다는 걸 알아가고 있다. 이불을 뒤집어쓰고 한 여자아이와 한 남자아이가 서로 "와꺅꺅" 하는 것, 그런 게 사랑의 한 모양이기도 하다는 것을.

꽃을 기르는
마음으로

당신을 처음 알게 되었을 때, 나는 당신이 꽃을 기르는 사람이라는 게 참 좋았습니다. 식물에 물을 주고, 그들이 잘 자랄 수 있도록 살피고, 어떤 식물은 빛을 얼마나 받아야 하는지, 혹은 얼마나 습해야 좋은지, 물이 많이 필요한지, 적게 필요한지…… 그런 것들에 대해서 신경을 기울이는 사람인게 좋았습니다. 함께 일하는 부모님과 미묘한 신경전이 벌어지는 일도 있고, 때로 대하기 까다로운 손님이 찾아오고, 때때로 험한 말을 들으며 실랑이하는 일도 생긴다지만 식물을 찾는 사람들에게 상냥한 당신이, 결국 상처 주지 않는 사람으로 살아가는 당신이 좋았습니다.

한 프로그램을 만들기 위해 회사가 원하는 방향으로 누군가를 설득하고, 우리가 만드는 결과물이 끼칠 영향에 대해 알지도 못하면서 괜찮을 거라 거짓말하고, 끝끝내 억지로 설득해낸 출연자에게 때로 상처를 주게 되기도 했던, 나와는 다른 길을 걷는 당신이 좋았습니다. 어느 날은 맡았던 시사프로그램 방송이 나간 뒤에 너무 부끄럽다고, 죽고 싶다고 말하는 출연자의 전화를 받기도 했던 내 죄책감의 나날…… 당신이, 당신이라면 식물을 대하듯이 가만히 바라봐줄 것 같았습니다. 왜 그래야 했냐고도, 괜찮느냐고도 묻지 않고 그저 따스한 해처럼 나를 바라봐줄 것 같았습니다. 스스로를 할퀴지 않고도 굶지 않고 살아갈 수 있다고, 하고 싶지 않은 일을 계속하지 않아도 괜찮다고 말해줄 것 같았습니다. 식물들이 그렇게 그저 존재하는 것처럼, 덩굴식물이 빛을 향해 뻗어가는 것처럼, 마음이 향하는 곳으로 나아가도 된다고 말해줄 것 같았습니다.

당신은 정말 그런 사람이었습니다.
그런 사람으로, 지금 내 곁에 있습니다.

코 고는 소리를 들으며
잠들고 싶다

거의 매일 일기를 써내려가던 시절을 생각하면, 그 시절의 내게는 들어줄 귀가 없었다는, 혹은 있었더라도 기대지 못했다는 생각이 든다. 요즘에는 무엇을 쓰고 싶다는 생각이 잘 들지 않는다. 지금의 내게는 들어줄 귀가 있다. 스물아홉 살에 찾은 나의 지음, 당신. 언제고 무슨 말이든 (그 사람을 상처 주는 이야기를 제외하고는) 해도 되고, 할 수 있는 사람. 그러나 아무 말도 하지 않고, 하룻밤을 꼬박 침묵 속에 바라볼 수도 있는 사람. 그 대가로 나는 글 쓰는 습관을 잃어버린 것 같다.

요즘에는 정말 한 뼘 안의 세상만 바라보고 산다. 나와, 당신과, 내 가족. 요즘은 당신이 사는 대전에 가서 살며, 서울로 며칠만 출퇴근하는 삶을 살 궁리를 해보고 있다. 사랑도, 일도 내게는 거의 비슷하게 소중하다. 어떤 하루는 일이

더 중요하게 생각되고, 또 하루는 당신만 있으면 다른 것은 다 필요 없어지기도 하지만. 그렇기에 가정을 꾸리고도 계속 듣는 사람으로, 타인의 이야기와 세상에 필요한 메시지를 효과적으로 보여주는 일을 하며 살고 싶다.

지난 주말에는, 당신과 공원 벤치에 앉아 물가의 윤슬을 실컷 바라보았다. 곁에 붙어 앉은 당신의 훈기를 느꼈다. 모닥불 같은 당신, 영원히 이 정도 거리에서, 당신을 바라보고 싶어, 그런 생각들을 하면서.

막 서른이 되었다. 서른, 하고 써두면 용케도 오래 살았다는 생각이 든다. 참 한참 남았다는 생각도 들고. 크게 손상된 마음 없이, 내도록 살아내 왔다. 운이 좋은 삶이었다는 생각도 든다. 퇴근 후에 한산한 카페에 앉아, 두유라떼를 마시고 권나무, 강아솔의 노래를 들으며 이 글을 쓴다.

평온한 오늘을 살고 있다. 내일도 살아 있고 싶다. 따스한 차를 한 잔 마시고 싶고, 점심은 매콤한 국물로 먹고 싶다. 당신의 다정한 목소리를 듣고 싶고, 자동차 사고 따위 없이 무사히 출근해 내 몫의 일을 핑계 없이 해내고 싶다. 퇴근길에는 여자라는 이유로 폭력이나 살해를 당하고 싶지 않고, 집에 돌아가면 보일러가 고장 나 있지 않았으면 좋겠다. 가습기를 틀어두고, 당신 코 고는 소리를 들으며 잠들고 싶다. 그리고 그렇게 살아나간 내 삶이, 누군가를 다시 살게 할 수 있다면 더할 나위 없겠다.

나는 이제 울 것 같은 기분이 되지 않는다

나는 이제
울 것 같은 기분이 되지 않는다

초판 1쇄 2022년 4월 15일

지은이 도상희
편집 김화영
마케팅 어쩌면 이 책을 읽은 누군가
디자인 지완

펴낸이 김화영
펴낸곳 책나물
등록 제2021-000026호(2021년 3월 8일)
이메일 booknamul@daum.net
블로그 blog.naver.com/booknamul
인스타그램 @booknamul

ISBN 979-11-974142-8-2 03810

© 도상희, 2022

이 책은 저작권법에 따라 보호받는 저작물이므로 무단전재와 무단복제를 금하며,
이 책 내용의 전부 또는 일부를 이용하려면 반드시 저작권자와 책나물의 서면 동의
를 받아야 합니다.